우리 고전 다시 읽기

옥단춘전

옥단춘전

구인환(서울대 명예교수) 엮음

머리말

　수천년 동안 한 민족이 국가의 체제를 갖추어 연면한 역사와 전통을 계속해 왔다는 것은 인류 역사를 살펴봐도 그렇게 흔한 일이 아니다. 그리고 그 민족이 고유한 문자를 가지고 후세에 길이 전할 문헌을 남겼다는 것은 더욱 흔한 일이 아닐 것이다.
　이러한 면에서 볼 때 우리 한민족은 세계 어느 나라와 비교해도 손색없고, 자랑스러운 역사와 전통을 이어왔다. 우리 민족에게는 5천 여 년의 기나긴 역사를 통하여 수많은 외세의 침략을 받아 백척간두의 국난을 겪으면서도 한민족 고유의 전통을 면면히 이어온 슬기로운 조상이 있었다. 이러한 까닭으로 오늘날 빛나는 민족의 문화 유산을 이어받은 것이다.
　고전 문학(古典文學)이란 실용성을 잃고도 여전히 존재할 만한 값어치가 있고, 시대와 사회는 변해도 항상 시대를 초월하여 혈연의 외침으로 우리의 공감대를 울려 주기에 충분한 문화적 유산이다. 그러므로 오늘을 사는 우리들은 조상의 얼이 담긴 옛 문헌을 잘 간직하여 먼 후손들에게까지 길이 이어 주어야 할 사명감을 가져야 할 것이다.

고전 문학, 특히 국문학(國文學)을 규정하는 기준이 국어요, 나라 글자라면 우리 민족의 생활 감정을 표현한 국문 작품이야말로 진정한 국문학이 된다 할 것이다.

그러나 우리 고유 문자의 탄생은 오랜 민족 역사에 비해 훨씬 후대에 이루어졌다. 이런 까닭으로 우리 민족은 일찍부터 외국의 문자, 즉 한자를 들여와서 사용했다. 이처럼 우리 선조들이 고유 문자가 없음을 한탄할 때에, 세종조에 와서 마침 인재를 얻어 훈민정음을 창제했다. 하지만 여전히 한자가 독보적인 행세를 하여 이 땅에 화려한 꽃을 피웠다. 따라서 표현한 문자는 다를지언정 한자로 된 작품도 역시 우리 민족의 생활 감정을 나타낸 우리의 문학 작품이다. 이러한 귀결로 국·한문 작품을 '고전 문학'으로 묶어 함께 싣기로 했다.

우리 글이 창제된 이후에도 우리 선조들의 손으로 쓰여진 서책이 수만 권에 달한다. 그 가운데에서 국문학상 뛰어난 몇몇 작품을 선정하는 것은 물론 산재해 있는 문헌의 자료를 수집하기 위해 숨어 간직되어 있는 작품을 찾아내는 것도 여간 어려운 일이 아니었다. 그럼에도 이만한 성과를 거두고 이만한 고전 문학 작품을 추리는 것은 현재를 사는 우리의 당연한 책임이자 의무이다. 다만 한정된 지면과 미처 찾아내지 못한 더 많은 작품이 실리지 못한 것이 아쉬울 따름이다.

엮은이 씀

차례

옥단춘전 · 11

숙영낭자전 · 59

주생전 · 117

옥단춘전

　숙종대왕 즉위 후 십 년 동안 나라가 태평하고 백성이 편안하며 집집마다 유족(有足)하고 자손이 번영하였으므로, 그야말로 요지일월(瑤池日月)이요, 순[1] 임금의 천하 같은 좋은 세상이니, 이런 태평세월에 백성이 배불리 먹고 논밭에서는 즐거운 격양가(激壤歌)[2]를 높이 부르게 되니라.

　이때 서울에 유명한 두 명의 재상이 있었으니, 하나는 이 정승이요, 하나는 김 정승이었는데 서로 정의가 매우 깊었으나, 서로 아들이 없어서 같은 사정을 서로 위로하며 지냈으니, 하루는 이 정승의 꿈에 청룡이 오색 구름을 타고 여의주(如意珠)를 희롱하다가 난데없는 백호(白虎)가 달려왔으므로 한강으로 쫓아 버리고 하늘로 올라가니라. 그 달부터 이 정승 부인에게 태기(胎氣)[3]가 있어서 십 삭만에 아들을 낳았으므로 이름을 혈

---

1) 고대 중국의 전설적인 제왕.
2) '땅을 치며 노래한다'는 뜻이며, 요나라 때의 태평세월을 구가한 것.
3) 아이를 밴 기미.

룡이라고 지어 불렀으니, 김 정승도 같은 때에 꿈을 꾸었는데, 백호가 산을 넘어서 한강을 건느려다가 용감한 청룡을 만나서 강물에 빠졌으니, 이 꿈을 부인과 이야기하고 이상히 여겼더니 그 달부터 태기가 있어서 십 삭만에 신기한 아들을 낳았으므로 이름을 진희라고 지어 부르니라.

이 두 집 재상의 아들은 모두 잘 자랐는데, 기골이 장대하고 풍모가 늠름하니라. 김진희와 이혈룡이 한 글방에서 공부하였는데, 모두 총명한 재주로서 옛사람들을 능가하니라. 어려서부터 동창으로 공부한 그들의 정의(情意)[1]는 동골동태(同骨同胎)의 친형제 같았으며, 두 집이 대대로 친구로 사귀어 오는 사이라 후세의 자손들도 자연 세의(世誼)[2]를 저버릴 수는 없었으니, 진희와 혈룡은 소년 시절에 서로 장래를 언약하니라.

"우리 두 사람의 정리(情理)를 생각하면 살아 있는 동안은 물론이요 우리 후세의 자손들까지 우리 조상이 하신 듯이 세의를 이어서 저버리지 말자. 세상의 복록(福祿)이란 변화무쌍해서 어찌 될지 모르니, 네가 먼저 귀하게 되면 나를 도와주고, 내가 먼저 귀하게 되면 너를 도와주기로 약속하자."

서로 이처럼 태산(泰山)같이 맺어서 언약하고, 금석(金石)같이 맺어서 맹약(盟約)하고 의좋게 지내는데 뜻밖에도 김 정승과 이 정승이 우연히 얻은 병으로 백약(百藥)의 효험이 없는 천명(天命)이라 회생하기가 어렵게 되었으며, 점점 병세가 위중해지자 상감께서 대경실색하고 만조백관(滿朝百官)[3]을 모아 놓

---

1) 감정과 의지.
2) 대대로 쌓아온 정의(情誼).
3) 조정의 모든 벼슬아치.

고 가로되,

"과인의 수족(手足) 같은 신하 김 정승과 이 정승이 공교롭게도 함께 병으로 백약이 무효(無效)하고 위중하니 어떻게 회생시킬 수 없겠는가?"

백관이 상감의 걱정하시는 말을 듣고 황송하게 여기더라.

"전하께 황송하고 우의(友誼)로서 애석하오나 천명은 인력(人力)으로 어찌할 수 없사오니 천행(天幸)을 기다려 보는 수밖에 없사옵니다."

상감은 어의(御醫)를 불러서,

"전의가 급히 가서 두 재상의 병을 구해 보라."

하고 명하여 보냈으나 병세가 기울었으므로 비록 편작[4] 같은 명의라도 살릴 수는 없었으니, 두 승상이 마침내 같은 날에 함께 별세하매, 두 집의 유족과 친척들이 앙천통곡(仰天痛哭)하니라. 상감이 이 슬픈 보고를 들으시고 슬퍼하시며, 금은 삼백 냥을 각각 부의로 내려 주셨으므로 양가(兩家)에서 천은에 감격하고 초종지례(草終之禮)를 극진히 지내고, 이어서 삼년상을 지성으로 모시니라.

이때 김 정승의 아들 진희는 가세가 부유하여 잘 살았으나, 이 승상의 아들 혈룡은 가세가 점점 기울어져 그날 살아가기도 곤궁하게 되었고, 김진희는 운수(運數)도 좋아서 소년등과(少年登科)[5]하여 평양 감사가 되어 도임 길을 떠나게 되니, 도임 행차가 지나는 곳마다 각 읍의 진공(進供)[6]과 백성들의 도열

---

4) 중국 전국 시대 당시의 전설적인 명인.
5) 어린 나이에 과거에 급제하는 일.
6) 조선 시대에 토산물을 진상하던 일.

환영(堵列歡迎)이 역로(驛路)를 메우고 진동하니라. 평양에 당도하자 팔백 명의 나졸이 대로(大路)상에 늘어서고 풍류 소리가 원근(遠近)에 울렸고, 신임 감사는 찬란한 금마(金馬) 위에서 위엄이 당당하였는데, 영축하는 녹의홍상(綠衣紅裳)[1]의 평양 기생들은 각별히 곱게 단장하고, 구름 같은 눈썹을 여덟 팔(八) 자로 다듬고, 옥 같은 연지 볼은 삼사월 호시절(好時節)의 꽃송이 같고, 박 속 같은 잇속은 두 이(二) 자로 방그레 웃어 반만 벌리고서, 흰 모래밭에 금자라 같은 걸음으로 아기작아기작 왕래하니 어느 눈이 황홀하지 않으랴.

평양 감사 김진희는 도임 후에 각 읍 수령들의 연명(延命)[2]을 받고, 삼일 후에 육방(六房) 점고(點考)도 마친 다음, 기생 점고를 할 적에, 영주선이, 김선월이, 옥문이, 옥단춘이 등등 앵무 같이 곱게 꾸민 얼굴과 옷 모양과 걸음걸이로 갖은 아양으로 미색(美色)을 다투어 감사의 눈에 들어서, 영광의 수청을 들까 하는 광경이 저희들끼리 시기와 질투의 암투(暗鬪)를 하고 있었으니, 그중에서 옥단춘이라는 기생은 지체가 비록 기생이나 행실이 송죽(松竹) 같고 본심이 정결하여 도임하는 수령들과 감사들이 반하여 수청을 들라는 엄명을 하여도 모두 거절하고 글공부에 힘쓰며 세월을 보내고 있었는데, 기적(妓籍)[3]에 매인 몸이라 점고는 받을망정 행실이야 변하랴고 정조를 굳게 지키니라.

김 감사가 기생을 일일이 점고한 끝에 옥단춘의 모양이 가장

---

1) 연두 저고리와 다홍치마라는 뜻으로, 젊은 여인의 고운 옷차림을 이르는 말.
2) 수령이 감사를 처음 가서 보던 의식.
3) 기생의 신분을 공적으로 등록해 놓던 등록 대장.

귀엽게 보였으므로, 통인(通引)⁴⁾을 불러서 오늘부터 옥단춘을 수청으로 정하라고 분부하니, 호장(戶長)⁵⁾이 감사의 분부를 듣고 옥단춘의 집으로 달려가서,

"춘아 춘아 옥단춘아, 버들잎에 피어난 춘아, 사또께서 너를 불러 수청들라 명하시니 아니 가지는 못하리라. 네가 만일 이번에도 수청을 거역하면 너 때문에 나 경치니 단장하고 어서 가자."

옥단춘이 깜짝 놀라서 다시 묻기를,

"여보 호장 들어 보소. 내가 비록 기생이나 곤부하는 처녀인데 수청이란 웬 말이오."

"네 사정은 그러하나 사또 분부 엄중하니 아니 가지는 못하리라. 우리 또한 난처하니 잔말말고 어서 가자."

옥단춘은 하는 수 없이 입고 있던 옷을 채복(彩服)으로 갈아입고 미친 여자 모양으로 들어가자, 갑자기 옥단춘의 손을 잡아서 앉힌 후에 흥겨운 수작을 서슴지 않으니, 옥단춘이 하는 수 없이 수응수답(酬應酬答) 건성으로 감사의 비위만 맞추고 어물쩡하니라. 감사는 옥단춘에게 짝사랑에 빠져 정사(政事)에는 마음이 없이 풍악과 주색을 일삼으니라.

이때 이혈룡은 가세가 곤궁하여 늙은 모친과 처자를 데리고 살 길이 막연하니라. 날품을 팔자 하니 배우지 못한 상일이요, 빌어먹자 하니 가문을 더럽힐까 두려웠고, 굶어서 죽자 해도 늙은 모친과 연약한 처자를 두고 차마 죽지도 못하는 처지라. 죽지도 못하여 근근이 지내니, 자기 배가 아무리 고파도 노모

---

4) 지방의 관장 밑에서 잔심부름을 하던 사람.
5) 고을 아전의 맨 윗자리, 또는 그런 사람.

에게 그런 눈치를 보이지 않으려고 참았으며, 팔아먹을 것도 없어진 혈룡은 자기 머리〔髮〕를 베어서 팔아다가 쌀되와 바꾸어 한 끼를 먹기까지 하였으나 그것도 그때뿐이지, 머리가 또 빨리 자라 줄 리도 없었으니,

이때 그는 친구 김진희가 평양 감사가 되어 갔다는 소문을 듣고 깜짝 놀라 기뻐하며 생각하기를,

'내가 이렇게 죽을 지경에 친구가 큰 벼슬을 하였다니 듣던 중 반가운 말이라.'

그 친구의 도움을 받을 생각으로, 모친에게 상의하기를,

"김 정승의 아들 진희와 그전에 친히 지낼 적에 맺은 언약이 있었는데, 지금 들으니 그가 평양 감사로 갔다 하오니, 옛날 정분과 약속을 생각해도, 제가 찾아가면 괄시는 하지 않고 살려 줄 것이니, 가볼까 하오나 재상가 자손으로 구걸 모양으로 갈 수도 없고, 노자 한푼도 없으니 그 일조차 막연합니다. 그러나 의식(衣食)이 없으니 무슨 염치를 차리겠습니까? 좌우간 빨리 다녀오겠으니 고생이 되더라도 용서하고 기다려 주십시오."

평양까지 갈 일을 생각하니 날아갈까 뛰어갈까 하고 마음만 초조하더라. 그 친구를 찾아서 가기만 하면 기갈(飢渴)을 면할 것이오, 돈백[1]이나 얻어 가지고 집으로 돌아올 듯하나 노자 한 푼 없이 먼 길을 걸어 갈 도리가 막연하니라.

'우리 집과 똑같은 충신의 자손으로서 그는 저렇듯 귀하게 되었는데 나는 왜 이토록 곤궁이 자심(滋甚)할까? 참으로 슬픈 팔자로다.'

---

1) 백(百)으로 헤아릴 만큼의 돈. 전백.

혈룡은 통곡하다가 또 혼자 넋두리하기를,

'내 복록(福祿)[2]의 운수가 부족하냐? 죄 주는 귀신이 나를 시기하는 천운이 이럴 바에야 누구를 원망하랴.'

모친이 탄식하는 아들을 위로하기를,

"너는 너무 슬퍼하지 마라. 남아 궁달(窮達)[3]이 때가 있는 법이니, 어찌 하늘이 무심코 너를 시련만 하랴."

혈룡이 모친 앞을 물러나와 아내에게 당부하기를,

"당신은 모친을 모시고 내가 다녀올 때까지 기다리시오."

"제 생각에도 당신이 평양에 가시면 그 친구 분이 괄시는 아니할 듯하니 우선 가실 방도를 구하시오."

하고, 우례(于禮)[4]를 입었던 의복을 팔아서 받은 약간의 돈을 내주면서 노자로 쓰라고 하며 빨리 떠나기를 권하였으니, 이에 약간의 노자가 마련된 혈룡은 모친과 아내를 하직하고 떠날 적에,

"나는 가서 한때나마 연명(延命)하겠지만, 모친과 처자는 내가 다녀올 동안에 어떻게 연명하겠습니까?"

통곡하는 소리가 처량하니, 아내가 빨아 두었던 옷을 갈아입혀 주니라. 마침내 떠날 때에 모친에게,

"소자는 자식으로서 부모를 봉양하여 은공을 갚지 못하고 유리걸식(流離乞食)[5]하러 가오니 어디를 간들 이 불효의 몸을 용납하겠습니까?"

---

2) 타고난 복과 벼슬아치의 녹봉이라는 뜻으로, 복되고 영화로운 삶을 일컫는 말.
3) 빈궁과 영달.
4) 시집올 때 입고 왔던 의복.
5) 정처 없이 떠돌아다니며 빌어먹음.

혈룡이 눈물로 가족을 작별하고 평양으로 내려갈 제, 자기 신세를 생각하니 슬픔을 측량하기 어려우니라.
'어쩌면 내 행색이 이러할까?'
산을 넘고 물을 건널 때마다 탄식을 금하지 못하는 혈룡은 죽장망혜(竹杖芒鞋)[1]로 오백 리 길을 걸어서 평양에 이르니, 평양은 절승의 강산을 이루고 있었으나, 유랑의 흥을 맛볼 겨를도 없이, 감영으로 가서 영문 밖에서 관속(官屬)[2]에게 성명을 통지(通知)[3]하라고 일렀으나, 감사께 남루한 행색으로 함부로 만나게 할 수가 없다고 냉정하게 거절하였다. 이혈룡이 다시 청하며 자기와 감사와의 관계를 말하기를,
"나는 사또와 죽마고우(竹馬故友)[4]로서 형제같이 지낸 사람이라. 네가 통기만 하면 사또가 반가워할 것이니 염려말고 곧 통기(通寄)하라."
문지기에게 재삼 사정하니라.
'이 일을 어찌할까? 애고 지고 어찌할까? 모친과 아내 날 보내고, 배고파서 기진하며, 오늘이나 올라올까, 내일이나 올라올까, 돈 얻어서 돌아올까 주야장천(晝夜長川) 바랄 텐데, 어찌하란 말인가?'
이런 탄식으로 영문에서 길이 막혀, 십여 일이나 집에 묵으면서, 평양 감사 김진희를 만나려고 애쓰니라. 그러는 동안에 노자는 다 떨어지고, 그대로 돌아가면 모친과 처자를 무슨 면

---

1) 대지팡이와 짚신. 가장 간단한 보행이나 여행의 차림.
2) 지방 관아의 아전과 하인을 이르던 말.
3) 기별해서 알림.
4) 대말을 타고 함께 놀던 친구란 뜻으로, '어릴 때부터 같이 놀며 자란 오랜 벗'을 이름.

목으로 대할 것인가. 그러나 높은 벼슬로 엄중한 영문 안에 있는 친구도 만나지 못한 딱한 신세는, 빈손으로 돌아가려 하여도 노자 한 푼 없어 갈 수 없고 평양에 있을 수도 없고 서울로 올라갈 수도 없게 되었고, 더구나 밥값 치르지 못하는 행각을 주막 주인도 싫어하였으므로 통곡하매 그 정상을 듣는 사람이 모두 가엾게 여기니라.

모든 것이 절망이라 눈앞이 캄캄해진 이혈룡은 대동강 깊은 물에 몸을 던져서 죽을 결심도 하였으나, 다시 생각하면,

'불쌍한 모친과 처자가 나만 기다리고 있는데, 내가 죽은 기별도 하지 못하면 참아 죽을 수도 없지 않으냐. 모친과 처자는 내 신세가 지금 이렇게 된 줄도 모르고 돈푼이나 얻어 가지고 오늘이나 올까, 내일이나 올까, 주야장천 고대할 것이 아니냐. 그러니 객지(客地)에서 죽을 수도 없고 푼전의 노자도 없는 과객(過客)을 괄시하는 주막집 주인은 나가라고 구박하니, 이 넓은 천지간에 이런 팔자가 어디 있으랴'

이런 탄식을 하면서도 굶으면 죽을 목숨이라 입은 옷을 하나씩 벗어 팔아서 기갈(飢渴)[5]을 면하였으나, 그것도 일시뿐이었으니, 하루 종일 영문에 가서 문지기에게 사또 면회를 청하였으나, 처음에는 거지 대접으로 사또에게 통지하지 않던 문지기들도 이제는 미친 사람이라고 아예 대꾸도 하지 않으니라. 그의 애걸하는 꼴은 실성한 사람 같기도 하려니와, 속옷만 입은 옷이 때묻고 떨어져서 거지 중에서도 상거지[6] 모양이라. 그래도 죽지 못한 목숨이라 평양 거리를 헤매며 문전걸식(門前乞

---

5) 목마름과 배고픔.
6) 말할 수 없을 만큼 불쌍한 거지.

食)을 하던 차에, 하루는 김 감사가 각 읍 수령을 불러서 대동강변 연광정에서 큰 잔치를 한다는 소문을 듣느니라.

그날이 되자 대동강변 연광정에 큰 잔치를 베풀고 풍악 소리가 낭자하며, 팔십 명의 기생들이 제각기 노래와 춤을 자랑하며, 모인 세도가(勢道家)들의 흥을 돋구어 주고 있었는데, 김 감사는 취흥을 못 이기어 시조 가락으로 농(弄)을 하기를,

"백구야 펄펄 날지 마라, 너 잡을 내 아니다. 어허하 수령들 내 말을 들어 보라, 삼사월 호시절에, 온갖 잡화(雜花) 다 피었는데, 세류청천 저 버들과 좌우편의 저 두견아, 슬피 우는 네 소리 들어 보니, 철석간장(鐵石肝腸)[1] 안 녹으랴."

하고 도도한 취흥으로 멋있게 놀고 있었으니, 이때 연광정 밑에 기진맥진한 빈 배를 움켜잡고 그 풍성한 산해진미(山海珍味)의 음식을 바라보니 뱃속의 회가 동(動)하였으나, 화중지병(畵中之餠)[2]을 어찌 얻어먹을 수가 있으랴. 원망스러운 눈은 대동강으로 돌려서 보니, 십리 청각에 오리들은 물결을 따라 둥실둥실 떠서 쌍쌍이 놀고, 백리 평사(平砂)에 백구들은 쌍을 지어 한가롭게 놀고 있었으니, 이혈룡은 마침내 결심하고 틈을 타서 연회장으로 접근해 가서 갑자기 큰 소리로 외치기를,

"평양 감사 김진희야, 너는 여기 와 있는 이혈룡을 몰라보느냐!"

두 세 번 외친 뒤에야 취한 김 감사가 알아듣고,

"호장, 저놈이 어떤 놈이냐!"

호장이 찔끔하고 뛰어와서 이혈룡의 뺨을 치고 등을 밀며,

---

1) 쇠나 돌같이 굳고 단단한 마음.
2) 그림의 떡.

상투를 잡아끌고 가서 감사 앞에 꿇어 앉혔는데, 그러자 김 감사가 노성 대발하고,

"너 이놈 들으라! 웬 미친놈이 와서 감히 나를 희롱하느냐!"

이혈룡이 어이없어 가로되,

"나는 서울 이 정승 아들 이혈룡이다. 너를 친구라고 먼 길을 찾아왔으나 감사의 둔턱이 하도 높아서 성명조차 통기하지 못하고 달포나 묵느라고 노자도 떨어지고 기갈을 면하지 못하여 문전걸식하고 다니다가, 오늘이야 이 자리에서 너를 보게 되니 이제 죽어도 한이 없다. 그러나 너를 친구라고 찾아왔는데 어찌 이토록 괄시하느냐? 옛날의 친구도 쓸데없고, 결의형제(結義兄弟)도 쓸데없구나. 내가 네 처지라면 친구 대접을 이렇게는 하지 않을뿐더러 내 모든 모욕을 참고 한 가지 청을 하겠으니, 네 술잔 값도 안 될 전백(錢百)[3]이라도 주면 기갈 중에 신음하는 노모와 처자를 잠시 먹여 살리겠다."

하고 대성통곡(大聲痛哭)하였으나, 김 감사는 불쾌한 안색으로 묵묵히 말이 없으매, 이혈룡은 다시 울음 섞인 음성으로 호소하기를,

"이 몹쓸 김진희 놈아, 내가 지금 푼전의 노자가 없으니 멀고 먼 서울 길을 어찌 돌아가랴."

그러자 김 감사가 노찰대발하고 호통치기를,

"너희들 이 미친놈을 배에 실어다가 강물 한 복판에 던져서 물고기 밥을 만들어라."

"네잇!"

---

3) 백(百)으로 헤아릴 만큼의 돈 돈백.

사공들이 영을 받고 이혈룡을 잡아 묶어서 배에 실을 적에 연회장에 있던 기생 옥단춘이 본즉, 김 감사에게,

"소녀 금시(今時)로 오한이 나고 몸이 괴로워 견딜 수 없습니다."

하고 거짓 엄살하기를,

"그러면 물러가서 약을 써서 빨리 치료하라."

"네 황송하옵니다."

하고, 물러나와 이혈룡을 잡아가는 사공들에게,

"사공들, 잠깐만 기다려요."

하고 부르니, 사공들이 머무르며, 왜 그러냐고 묻기에,

"내 이 양반의 몸값을 후히 줄 테니 죽인 듯이 모래를 덮어서 숨겨 두고 오시오."

하고, 은근한 말로 간청하니라. 이런 유혹을 받은 사공들은 귀가 솔깃해서 서로 얼굴을 바라보면서 수군거리되,

"여보게, 자네 생각은 어떤가? 내 생각에는 아무리 사또님 영이지만 죄도 없는 사람을 우리 손으로 어찌 죽이겠는가?"

"나도 그래. 마침 절개로 유명한 옥단춘 기생 아가씨의 부탁인 데다가 활인적덕(活人積德)[1]하고, 큰돈까지 생기는데 죽일 거야 있겠나?"

하고, 옥단춘에게 눈짓으로 약속하고 이혈룡을 묶은 채 배에 싣고 대동강에 둥기둥실 젓고 가서 깊은 곳을 향하여 가니, 혈룡은 옥단춘이 뱃사공들을 매수한 기색을 모르고 있었으므로 속절없이 대동강 물귀신이 되어 죽는 줄만 알고 하늘을 우러러

---

1) 사람의 목숨을 살려 음덕을 쌓음.

방성통곡(放聲痛哭)[2]하기를,

"천지 신명이여 굽어살피소서. 불쌍한 이혈룡의 목숨을 살려 주십소서. 서울에 남은 노모와 처자가 나를 평양에 보낸 후에 이렇게 죽을 줄은 꿈에도 모르고, 오늘 올까 내일 올까 주야장천 바라는데, 내 팔자가 무슨 죄로 갈수록 이같이 기박(奇薄)[3] 합니까?"

하고 통곡하므로 듣는 사공들도 슬퍼하고, 산천초목까지 슬퍼하는 듯하였는데, 사공들의 거동은 백리 청강(淸江) 맑고 깊은 물에 두둥실 높이 떠서, 어기여차 뱃노래하며 파도 따라 떠내려 갈 제 좌우 강변의 경치를 바라보니, 장성 일면에 용용수(長城一面溶溶水)요, 대야동두에 점점산(大野東頭點點山)이라, 글처럼 이 땅의 승경(勝景)이므로 무이산 열두 봉은 구름 밖에 솟아 있고, 연광정 내린 물은 대동강을 따라 있고, 산천초목 좋은 경치 홍홍백백 고운 곳에, 범파창랑(汎波滄浪) 어부들은 청강홍미(淸江紅眉) 좋은 경치, 백구는 하늘과 물 사이에 너울너울 높이 떠서 쌍쌍 지어 노는 모양, 사람 흥미 자아내고, 동정호 추야월(洞庭湖秋夜月)에 어수청풍(魚水淸風) 노니는데 내 팔자는 무슨 죄로 성은(聖恩)을 다 갚고, 어복중(魚腹中)의 혼(魂)이 되려는가 하고, 이혈룡은 억울하게 죽는 몸을 탄식하기를,

"내 한 몸 죽기는 섧지 않으나, 북당(北堂)[4]의 팔십 모친이 나를 보내시고 주야장천 바라다가 이런 줄 모르시고, 자식 낳

---

2) 목을 놓아 크게 욺.
3) 운수가 사나워 일이 뒤틀리고 복이 없음.
4) 중국에서 집의 북쪽에 있는 당집을 이르던 말. 집 안의 주부(主婦)가 거처하는 곳을 일컬음.

아 쓸데없다 하실 것이요, 가련한 나의 처자는 늙은 모친 모시고자 오늘 올까 내일 올까 밤낮으로 문밖에서 나와서 기다릴 제 소식이 묘연하여 나 죽은 줄 모르고서 모친 처가 잊었는가 야속한 우리 낭군 왜 그리 무정한고 눈물로 보낼지니, 애고 답답한 이 신세야, 어찌하면 모친 처자 만나 볼까? 아아, 나 죽은 혼백이라도 천리 고향 어찌 갈까?"

이혈룡이 슬피 통곡하는 말이 수중고혼(水中孤魂)[1]의 귀신이 되어 물과 하늘 사이에 다닐 것을 생각하여 또다시 하늘을 향하여 슬피 호소하기를,

"저의 슬픈 마음을 명천(明天)이 밝게 살펴서 이 신세를 도와주십소서. 여기서 한번 목숨만 살려 주시면 무슨 고생을 하더라도 생전에 모친과 처자를 만나 보겠습니다. 하늘에 울고 가는 저 기러기가 한양성 서울을 지날 적에, 여기서 나를 보았다고 부디부디 전해 다오. 이 불효자 혈룡은 대동강의 수중고혼 되어 팔십 노모 버린 죄로 이승 저승 갈 수 없고 어지중천 떠다니며 애고 통곡 울음 울 제 모친 처자 머리 위에 나를 어이 보오리까. 남쪽 가는 기러기야 내가 여기 죽는 소식 부디부디 전해 다오. 아아, 무심한 저 기러기 창망한 구름 밖에 두 날개 훨훨 치며 대답 없이 울고 가니, 내 마음 둘 데 없다. 애고애고 내 신세야 어찌하면 살겠느냐. 모친 처자 우리 고향집에 두고 무슨 일로 평양 왔다가 이 모양이 되었는가? 고금사(古今事)를 생각하니 한심하고 가련하다."

이렇게 울며 호소하는 이혈룡을 실은 배가 대동강을 내려갈

---

[1] 물에 빠져 죽은 사람의 외로운 넋.

제, 좌우 산천에는 황금 같은 꾀꼬리가 버들 속을 왕래하고, 뻐꾹새는 신세 한탄 울음 울고, 저편을 바라보니, 한 많은 두견새가 이리 가며 울고 저리 가며 울어서 혈룡의 심사를 더욱 산란하게 하는데, 때는 마침 춘삼월이라.

"이같이 슬픈 원정(怨情) 글로 지어 옥황상제께 올리려도 구만리 장천이라 바칠 길이 전혀 없다. 구중궁궐 우리 성군(聖君), 이런 일을 알으시면 선악 구별 못 하실까?"

목을 놓고 우는 소리에 일월이 무광(無光)하고 산천초목과 비금주수(飛禽走獸)도 슬퍼하고, 대동강 맑은 물도 흐르지 않고 울렁울렁 머물었으니, 사공들이 이혈룡을 비로소 위로하여 하는 말이,

"여보, 그만 진정하그 안심하소. 사또님 영이 비록 엄격하나, 우리인들 어찌 무죄(無罪)한 인생을 죽이겠소. 당신은 백사장에 누어 몸 위에 모래를 살짝 덮고 숨어 있다가 해가 지고 어둡거든 멀리멀리 도망하시오. 만일 사또가 당신 살린 비밀을 알면 우리가 잡혀 죽을 테니 조심하여 도망하시오."

사공들은 신신당부하고 혈룡을 물가에 내려놓으니, 이생원이 결박을 풀어 준 손으로 사공들의 손을 잡고,

"죽게 된 이 인생을 이처럼 살려 주니, 성명을 가르쳐 주시오."

하고 백배사은하며, 후일에 은혜를 갚으려고 성명을 물으니, 사공들이 이생원의 손을 잡고,

"남아하처 불상봉(男兒何處 不相逢)[2]이니 후일 다시 만납시

---

[2] 남자는 어디서라도 다시 만나게 됨이니, 후일 다시 만난다면 서로 아는 체하고 지내자는 뜻.

다."

하고, 성명도 알리지 않고 배를 돌려서 돌아가니라. 혈룡은 사공들의 말대로 모래를 몸에 덮고 누워서 해가 지기를 기다렸으나, 이번에는 배가 고파서 거의 죽게 되니라. 이때 뜻밖에 어떤 사람이 와서 모래를 파헤치면서, 일어나라고 두 세 번 부르니 혈룡이 깜짝 놀랐으나, 숨을 죽이고 죽은 듯이 그냥 누워 있었으나, 그 사람이 은근히 가로되,

"여보시오. 겁내지 말고 일어나서 정신을 차리고 나를 보사이다. 나는 당신을 죽이려고 찾아온 사람은 아니오니, 염려말고 어서 일어나서 나를 자세히 보고 요기를 하소서."

이혈룡이 그제야 좀 안심하고 기운을 차려서 눈을 뜨고 바라보니, 어떤 아름다운 여인이 미음 한 그릇을 손에 들고 지성으로 권하지 않는가. 혈룡이 꿈 같은 혼미 중에 생각하되,

'부모 은혜를 하늘이 살피심인가? 내 동갑의 어떤 사람이 원통하게 죽은 귀신인가?'

아무리 생각하여도 꿈인지 생시인지 전혀 알 수 없었으나, 기갈이 심하던 차라 먹을 것을 보자마자 살 것 같이 반가와 미음 그릇을 반갑게 받아서 단숨에 마시자 정신이 번쩍 나니라.

"당신은 어떤 분인데 죽어 가는 인생을 살려 주십니까? 이 은혜는 백골난망(白骨難忘)[1]이니, 거주 성명을 알려 주십시오."

옥단춘이 웃으면서,

"저는 다른 사람이 아니라, 평양에 사는 기생이옵더니, 오늘

---

1) 죽어 백골이 된다고 해도 은혜를 잊을 수 없음.

당신의 무죄한 죽음을 보고 딱하게 생각하고 사공들에게 부탁하였으니, 안심하고 우리 집으로 가서 몸조리를 하십시오."

그런데 이생원은 이 여인을 따라서 평양성 안으로 들어갔다가는 김 감사에게 발각되어 잡혀 죽을까 겁이 나서 굳이 사양하니라.

"죽었던 사람을 살려 주신 은혜는 결초보은(結草報恩)하겠으나, 내 신세가 이 땅에는 일시 일각도 머물러 있을 수 없으니 이 길로 멀리 도망쳐 가게 놓아주시오."

"제가 비록 기생의 몸이나 당신을 살린 사람이니 아무 염려 말고 가십시다."

하고, 옥단춘은 은근히 권하니라. 이생원은 한편 죽었던 몸이매, 살려준 은인의 호의를 어찌 의심하고 거절하랴 하고, 권하는 대로 옥단츈을 따라가니, 이생원은 미인인 기생에게 구원되어 그의 집으로 가는 자기가 마치 새 세상을 만난 듯하니라.

'사지(死地)에 빠진 뒤에, 내 몸이 꿈같이 살아났으니 이것이 무슨 천행일까?'

신기한 생각을 되풀이하면서 옥단춘의 집에 이르니라. 아담한 집은 단장이 정결하고 주위의 경치도 매우 좋더라. 좌우를 살펴보니 온갖 화초가 만발한 뜰에는 화중부귀(花中富貴) 모란꽃이며, 화중신선(花中神仙) 해당화며, 그 밖에 기화요초(琪花瑤草)[2]가 달빛을 띠고 찬란히 빛나고 향기를 풍기니, 백두루미는 주적주적 졸으면서 긴 목을 늘이고 기룩기룩 반기는 듯하니라.

---

2) 곱고 아름다운 꽃과 풀.

방안으로 들어가니 분벽사창(粉壁紗窓)[1]이 찬란하니라. 좌우를 둘러보니, 천하 명화의 좋은 그림이 여기저기 걸렸는데, 위수(渭水)의 강태공이 문왕을 기다리며 곧은 낚시를 물에 던지고 어엿이 앉아 있는 모양이 완연하더라. 또 다른 그림에는 시중천자(時中天子) 이태백이 채석강 밝은 포도주를 취하게 먹고 물 속에 비친 달을 잡으려고 넌지시 손을 넣는 광경이 역력하며, 또 저편 벽에는 한나라 종실의 유황숙이 와룡 선생 제갈량을 맞으려고 남양(南洋)땅의 초당으로 풍설 속에 적토마(赤兎馬)를 빗겨 타고 지향 없이 가는 정경이 선명하며, 또 한편에는 산중처사인 두 노인이 한가롭게 앉은 모양이 신전의 경지를 보이며, 또 다른 그림에는 상상사호(常上四豪) 네 노인이 바둑판을 앞에 놓고 흑백을 희롱하며, 그리고 대동강의 좋은 풍경을 그린 그림도 여기 저기 걸려 있더라.
　옥단춘은 주안상을 들여놓고, 향기 높은 계자주를 유리잔에 가득 부어 들고 권주가를 한 가락 부르면서 이혈룡에게 권하는데,
　"일배 일배 부일배의 보통 술이 아니오라, 한무제 승로반(承露盤)에 옥로(玉露) 받은 술이오니, 이 술 한 잔 잡수시면 천만년을 사시리라. 전에 한번 몸 뵈었으나 내일 보면 구면이니 사양 말고 잡수시오."
　이생원 한 두 잔 먹는 사이에 어느덧 취하여 취중에 가로되,
　"하아, 지난 일을 생각하니 세상사가 허무(虛無)로다. 천만무궁한 이 자리의 흥취(興趣)를 어찌 다 말하리요."

---

1) 아름다운 여자가 거처하는 방.

하고, 밤 가는 줄도 모르며 옥단춘의 환대를 받았으니, 그 뒤로 이생원은 옥단춘의 집에서 신세를 지게 되니라.

이럭저럭 세월이 흘러서 왕실에 세자(世子)가 탄생하자, 나라의 경사를 축하하여 태평과(泰平科)의 과거를 보인다는 소문을 들은 옥단춘이 기뻐하고 이혈룡에게 권하여 말하기를,

"과거 보인다는 소식이 들리니, 낭군은 과거를 보러 상경하십시오. 충신의 후손으로서 이런 기회를 어찌 허송하겠습니까?"

"그대 말이 당연하나 늙으신 모친이 내가 오늘 올까 내일 올까 하고 기다리시면서, 초조하게 간장을 녹이고 계신 것을 생각하면, 오늘까지 이렇게 편히 지낸 일이 불효임을 어찌 모르리오. 그러나 이 꼴로 서울 가서 무슨 면목으로 노모와 처자를 대하리오."

하고, 탄식하는 그의 두 눈에서 눈물이 주르르 흐르니, 옥단춘이 거듭 위로하면서,

"과거를 힘써 봐서 입신양명(立身揚名)하온 후에 영화를 볼 것이니 너무 상심 마시고 속히 상경(上京)하십시오."

하고, 행장을 수습하여 주면서 신신당부하니라.

"이 길로 상경하시되, 새문[2] 밖 경기 감영 앞의 이섬부 댁을 찾아가십시오. 그 댁에 제가 부탁할 말씀도 있고, 제 하인도 그 댁에 있으니, 그 하인을 데리고 과장(科場)에 나아가십시오. 이제 이별하오나, 후일 다시 만날 것이니, 조금도 섭섭히 생각하지 마시고 잘 가셔서 장원급제로 입신양명하신 후에 북당(北

---

[2] 서대문, 곧 돈의문의 다른 이름.

堂)¹⁾ 기후(氣候) 안녕하거든 다시 돌아와 주십시오."
하고 손을 잡고 이별하는 옥단춘은 그동안 사귄 정을 안타까워 하니라. 이혈룡은 옥단춘의 애정과 격려를 힘으로 서울로 돌아와서, 우선 새문 밖의 이섬부 집을 찾아 가니라. 옥단춘의 편지를 전하고 하인의 인도로 대문에 들어서니, 고대광실(高臺廣室)²⁾은 아닐망정 집이 정결하고, 소실대문의 별배(別陪)³⁾들이 굽실굽실 문안하고 공손이 내정(內庭)으로 모셔 드리니라.

"이 댁이 뉘댁이냐?"

이혈룡이 의아하여 물으니라.

"서방님, 이 댁이 바로 서방님 댁입니다."

이혈룡이 깜짝 놀라며 안으로 들어가니, 뜻밖에도 자기의 모친이 반갑게 맞아 주지 않는가. 곧 모친 앞에 엎드려서 통곡하면서 우선 사죄하니라.

"불효자 혈룡이 이제야 돌아왔사옵니다. 어머님은 그동안 안녕하셨습니까? 불효의 이 자식을 생각하며 얼마나 기다리셨습니까?"

모친도 아들의 뜻밖의 태도에 놀란 듯이 혈룡의 손을 잡고 슬피 울며 가로되,

"혈룡아, 너는 충신의 아들이라 효성이 이렇게 지극하구나. 네가 평양에 간 후에 근근이 지내던 중, 너의 친구 평양 감사가 보내 주신 재물로 가세가 이만큼 요부(饒富)⁴⁾해져서 노비와 전

---

1) 상대편의 어머니를 높여 일컫는 말. 자당.
2) 규모가 굉장히 크고 잘 지은 집.
3) 벼슬아치의 집에서 사사로이 부리던 하인.
4) 살림이 넉넉함.

답을 많이 샀으니, 만년(晩年)의 재미를 보며 편하다. 오직 네가 빨리 오기만 기다렸더니 이제 왔으니 참으로 새 세상 만난 것 같이 기쁘다. 인제는 죽어도 하릴없다. 그래 너는 객지에서 얼마나 고생하였느냐?"
하고 기뻐하니라. 혈룡은 그제야 옥단춘의 호의로 모든 것이 마련된 것을 깨닫고 속으로 감격하며 아내를 돌아보고,
"당신은 모친 모시고 얼마나 고생하였소?"
"저는 서방님 덕택으로 잔명(殘命)을 보존하였으니, 고맙소이다. 그런데 이처럼 후한 우정으로 우리를 살려 주신 평양 감사님 은혜를 어찌 갚을지 모르겠습니다."
혈룡은 마지못해 평양 간 후의 모든 일을 사실대로 알리자 모친과 아내, 혈룡이 죽을 고생을 생각하면서 하마터면 생전에 다시 만나 보지 못할 경우를 새삼스럽게 슬퍼하니라. 그와 동시에 옥단춘의 은혜를 치하하여 마지않더라. 오랜만에 만난 가족들은 다시 원만한 가정을 이루게 되니, 이윽고 과것날이 되었으므로 이혈룡은 대궐 안 과거장으로 가서 본즉, 팔도에서 글 잘하는 선비들이 구름같이 모여들어 입신양명의 영예를 다투려고 투지가 장내에 넘치니라.
이윽고 걸린 글제 보니 '천하태평춘(天下泰平春)'이라 하였으매, 글을 지을 생각을 가다듬으면서 먹을 간 혈룡은, 붓을 들어서 조맹부[5]의 필체로 단숨에 내려 써서 맨 먼저 올리니, 시관(試官)들을 거느리고 친히 보시던 상감은 글자마다 비점(批

---

5) 중국 원나라의 화가·서예가. 당시의 대표적인 교양인으로서, 정치·경제·시서화에 넓은 지식을 가졌으며, 특히 서화에 뛰어났음.

點)[1]이오 글귀마다 관주(貫珠)[2]로 꼬누어진 글을 보고 칭찬하시는 말씀이,

"참으로 신기하다. 이 글씨와 글 지은 사람은 반드시 범상치 않으리라."

하시고, 알성급제(謁聖及第) 도장원(都壯元)으로 한림학사(翰林學士)[3]를 제수[4]하시고, 곧 어전입시(御前入侍)하라는 분부를 내리시고, 이한림이 입시하여 천은을 사례하자 상감이 칭찬하고 손수 술잔을 내리시니, 이한림이 어전에 엎드리고,

"소신과 같이 무재무능(無才無能)한 자를 이처럼 중신(重信)하려고 칭찬하시오니 황공무지하오며, 또한 한림을 제수하시니 더욱 황공하옵니다."

하고, 물러나와 집에 큰 잔치를 베풀고 향당과 친지를 청하여 경사를 축하하니라. 그리고 한편으로 생각하니,

'평양 감사 김진희의 불의 무도한 소행을 나만 당하였으랴. 무죄한 백성들을 무슨 죄목에 걸어서는 행악(行惡)을 하고 수탈에 여념이 없을 것이라. 그 한 명의 흉측한 어복(魚腹)에 평안일도(平安一道)가 희생되는 것을 알면서 어찌 모른 척할 수 있으랴. 나라와 백성을 위하여 마땅히 성상께 여쭙지 않을 수 없다.'

하고, 전후 사실을 일일이 밀록(密錄)[5]해 전하께 바치니, 전하

---

1) 과거에서 시관이 응시자가 지은 시나 문장 등을 평가할 때, 특히 잘 지은 대목에 찍던 둥근 점.
2) 시문 따위를 끊을 때 잘된 시구 옆에 치던 동그라미.
3) 조선시대 예문관의 검열(檢閱)을 달리 이르던 말.
4) 추천을 받지 않고 임금이 직접 벼슬을 내림.
5) 비밀리에 기록함.

가 받아 보시고 탄식한 뒤에 봉서(封書)[6] 삼장을 내리시니,

"첫 봉서는 새문 밖에 가서 떼어 보고, 둘째 봉서는 평양에 가서 떼어 보고, 셋째 봉서는 그 후에 떼어 보라. 그리고 도중에 조심하여 다녀오라."

하는 비밀 지령을 주시리라. 이한림이 곧 모친과 부인에게 하직하고 새문 밖에 나가서 첫째 봉서를 떼어 보니, '평안도 암행어사[7] 이혈룡'이라는 사령장이 들어 있더라.

거기서 비로소 수의를 입고 마패(馬牌)[8]를 찬 후에, 평안도로 급히 출동해 가니라. 며칠만에 평양에 당도하니, 산도 전에 산이요, 물도 전에 보던 물이라. 연광정도 대동강도 잘 있었느냐. 무이산 십이봉은 그름 밖에 솟아 있고, 모든 산천에는 백화가 만발하고 세류청강의 버들가지에 황금 같은 꾀꼬리는 춘흥에 춤을 추며 화류중의 왕래하고 있었느니라.

'나는 그동안 서울 가서 모친과 처자를 만나 보고 다시 내려왔다. 대동강 위의 일엽편주(一葉片舟)[9] 나를 싣고 만경창파 두둥실 떠서 가는 배야, 나 온 줄 모르고서 어디 가서 매었느냐. 산수도 새롭게 빛나는구나. 청천의 저 구름은 나오는 양을 보고 몽실몽실 피어 있고, 범파창랑 백구들은 한가롭게 무심하여 나를 어이 모르느냐. 강물은 은은하여 산을 둘러 출림비조

---

6) 임금이 종친이나 근신(近臣)에게 보내는 편지.
7) 조선 시대에, 지방 관원들의 치적(治績)과 민생을 살피기 위해 왕명으로 비밀히 파견되던 특사.
8) 조선 시대에 공사(公事)로 지방에 나가는 관원에게 역마(驛馬)를 징발해 쓸 수 있는 증표로서 주던 패. 지름 10센티미터 가량의 둥근 구리판으로, 앞면에는 마필의 수효, 뒷면에는 자호(字號)와 날짜 등을 새겼음.
9) 한 척의 조각배.

(出林飛鳥) 저 물새는 농춘화답(弄春和答) 쌍을 지어 쌍쌍이 날아들고, 녹의홍상 기생들은 오락가락 번화하고, 갑제천문(甲第千門) 좌우에 즐비하니 천문만호(千門萬戶) 이 아닌가.'

암행어사 이혈룡은 역졸을 단속하여 각처로 보낸 후에, 둘째 봉서를 뜯어보니,

'암행어사는 평양 감영에 출두하여 봉고파직(封庫罷職)[1] 하라' 는 지령이 들어가니, 어사는 다시 역졸을 단속하여 비밀리에 억울한 민정을 샅샅이 적발 보고하라고 명하니라. 그리고 변장을 한 이 어사는 옥단춘의 집을 찾아가서 대문 밖을 살펴보니 점점 칠야 어둔 밤에 집 안팎이 적막하니라.

옥단춘은 이혈룡을 서울로 보낸 후에 김 감사에게는 칭병(稱病)[2]하고, 연광정 잔치에서 물러난 후에, 새로 정든 낭군이 그리워서 노래를 지어 부르면서 문 밖에 나와서 소식을 기다리니라. 그러나 이혈룡의 소식은 돈절(頓絶)[3]하였으므로 독수공방(獨守空房)에서 수심(愁心)으로 밤낮을 보내니, 이때 춘삼월 호시절이라. 홀로 거문고를 안고서 임 생각의 회포를 풀어 보려고 섬섬옥수(纖纖玉手)[4]로 희롱하며, 새로 지은 노래를 시름없이 부르니라.

"임아 임아 낭군님아, 전세의 연분으로 청실홍실 맺은 사이는 아니지만, 눈정으로 맺은 정이 남과는 유달라서, 밥상을 당겨 놓고 임의 생각 문득 나면, 밥도 물도 목이 메오. 그러나 낭

---

1) 부정한 관리를 처벌하는 일. 어사는 지방을 두루 다니면서 어진 관리에게는 청백리라고 해서 상을 주고, 악한 이는 봉고파직시켰음.
2) 병이 있다고 거짓으로 아룀.
3) 소식이 뚝 끊김.
4) 가늘고 고운 여자의 손.

군님은 이처럼 타는 내 간장을 모르는가? 홍문연 높은 잔치에 가서 천하 경률(經律) 논하는가? 계명산 추야월(秋夜月)에 장량(長良)5)의 옥퉁소 소리로 팔천제자 헤어졌나? 항우의 어린 고집 범증의 말 안 듣고 팔천제자 다 간 후에 우미인과의 이별을 구경하는가? 아아 천리마(千里馬) 타고 오실 임의 행차 어이 이리 느리신고. 임아 임아, 서방님아, 과거에 낙방되어 무안하여 못 오시나? 과거는 하였지만 조정의 내직으로 못 오시는가. 일신이 귀히 되어 나를 아주 잊으셨나? 그분이 사람으로 설마 나를 잊었을까? 편지 한 장 없는 것은 인편이 없음인가? 과거를 보았으면 급제도 하였을 텐데, 운이 나빠 낙방(落榜)되었나? 아아, 어찌 이리 소식 없고 오시는 길 묘연한가? 무정하신 낭군님아, 침침칠야(沈沈漆夜) 야삼경에 홀로 누워 기다리니, 눈물만 오락가락 한숨으로 벗을 삼고, 생각만은 임뿐이라."

 한탄을 노래 삼아 거문고를 타고 있을 때, 험상궂게 변장한 암행어사 혈룡이 중문 안에 들어가서 어험 하는 기침 소리에 백두루미가 놀라서 끼룩끼룩 울어대니, 옥단춘이 밤중의 인기척에 깜짝 놀라서 거문고를 내려놓고 문을 열고,

 "거 누구시오? 이 밤중에 누가 와서 날 찾으시오? 기산영수 맑은 물의 소부와 허유6)가 날 찾으시오? 채석강 이태백이 달

---

5) 한나라 고조 유방의 공신.
6) 요 임금 당시, 세속이 싫어 산속에 숨어살던 두 사람의 청백리. 요임금은 어질지 못한 아들에게 나라를 물려줄 수 없어 마땅한 인재를 수소문하던 중, 소유의 이야기를 듣게 된다. 하지만 소유는 이 말을 듣고 놀라서 궁에서 보낸 사람을 돌려보낸 뒤 기산 밑 영천에서 귀를 씻는다. 소에게 물을 먹이려 왔던 허유가 소유에게 귀를 씻는 이유를 묻자 "내게 임금자리를 맡아 달라 길에 그 소리를 들은 귀가 불결해서 씻는다"고 전했다. 그러자 허유가 "내 소에게 그런 물을 먹일 수 없다"고 하며 자리를 옮겼다는 일화가 있음.

보자고 날 찾나요? 산중처사 도연명이 술 먹자고 날 찾나요? 상산사호(商山四皓)에 노인이 바둑 두자 날 찾는가? 남양 초당의 와룡 선생이 병서(兵書)를 의논하자고 날 찾는가? 밀양읍의 운심이가 놀이 가자 날 찾는가? 당나라의 양귀비가 꽃밭에 물 주자고 날 찾는가? 삼사월 호시절에 천하 문장 김생원이 풍월(風月) 짓자 날 찾는가? 봉래산 박 처사가 옥저 불자 날 찾는가? 누가 와서 날 찾는가? 서울 가신 서방님이 편지 보내 날 찾는가?"

갖은 푸념을 하면서 이리 저리 살펴보니, 어떤 거무스레한 사람 혈룡이 뜰에 웅크리고 앉아 있지 않은가. 옥단춘이 찔끔하고 겁이 나서,

"웬 사람이 어둔 밤중에 주인 몰래 남의 집에 들어 와서 엿보느냐? 동방예의지국(東方禮義之國)인 우리나라에서, 아무리 무식해도 남녀가 유별한데 밤중에 남의 내정(內庭)에 들어왔으니 이런 불측한 행실이 어디 있느냐. 네가 분명 도적이 아니냐?"

하고, 옥단춘은 노복(奴僕)[1]을 부르면서 도적을 잡으라고 호통을 치니라. 그래도 그 사람은 꼼짝하지 않고 앉아 있으니, 옥단춘이 또 의아하되, 도적놈 같으면 그만큼 튀겼으면 응당 달아날 텐데 그러지도 않고, 묵묵히 앉아만 있으니 괴이하지 않을 수 없어, 등불을 켜서 들고 나가서 보니 어떤 사람이 고개를 푹 숙이고 말이 없으니, 옥단춘은 무색도 하고 화도 나서 그 사나이를 왈칵 떼다 미니라. 그제야 고개를 든 사나이가 하는 말이,

"한양 낭군 내가 왔소. 한양 낭군이 이 모양 되어 와도 괄시

---

1) 사내종.

않겠는가? 좌우간 방으로 들어가세."

깜짝 놀란 옥단춘은 이혈룡의 거지 주제를 보고 기가 막히는 모양이니라.

"이생원님, 이것이 웬일이오? 과거는 못 할망정 모양조차 왜 이 꼴이 되었소? 내 집이 누구 집이라고 그렇게 속이고 놀라게 해요. 나는 서방님 가신 후로 일각이 여삼추(如三秋)[2]로 독수공방에 제발 물어 던진 듯이 홀로 앉아 수심으로 세월을 보내면서, 오늘 오실까 내일 오실까 주야장천 바랐는데, 한번 가신 후로 소식이 돈절하였으니 어찌 그리 무심하오이까?"

원망하면서도 종 계집애 매월에게 빨리 목간물을 데우라고 재촉하니라. 혈룡에게 목욕을 시킨 뒤에 섬섬옥수로 빗을 잡고 만수산발 헝큰 머리를 어리설설 빗겨서 황라 상투를 짜 주고 산호 동곳, 호박 풍잠, 석류 동곳, 옥 동곳을 멋있게 꽂아 주니라. 그리고 자재 함롱 반다지를 열고 유렴할 새, 의관을 찾아내어 삼백돌 통영 갓이며 오올뜨기 망건이며, 쥐꼬리 당줄에, 공단싸게 호박 관자(貫子)[3]를 곱게 달아 씌우고, 봄철 새 옷으로 선명히 갈아 입히고, 서방님 얼굴을 다시 보니 그 옥골 선관이 어찌 반갑지 않으랴.

"임아 임아 낭군님아, 이처럼 좋은 얼굴, 어찌 그 지경이 되어 왔소?"

이혈룡은 사랑스러운 옥단춘에게 우선 감사하고, 다음에는 딴소리를 늘어놓느니라.

---

2) 애타게 기다릴 때는 짧은 시간도 3년처럼 느껴진다는 뜻으로, 매우 지루하고 길게 느껴진다는 말.
3) 망건에 달아 망건 당줄을 꿰는 고리.

"서울 본집에 돌아가 보니, 수십 명의 권솔을 거느리고 가세가 풍부해서 무슨 연고인지 몰라서 물었더니, 나 모르게 춘이가 많은 재물을 보내 집과 전답(田畓)¹⁾과 비복(婢僕)²⁾을 장만해 준 숨은 은덕(恩德)을 알았네. 가족들도 모두 자네의 호의를 고맙게 여기고 잘 지냈지만, 그전에 곤궁할 때에 수천 냥 빚을 얻어 썼더니, 그 빚쟁이들이 졸부가 되었다는 소문을 듣고 몰려들어 성화같이 재촉하지 않겠소. 그러니 양반의 체면으로 갚아 주지 않을 수 없어서 가장집물(家藏什物)³⁾을 모조리 팔아도 오히려 부족해서 또 다시 파산하고 과거도 보지 못하였으니, 참으로 춘이를 볼 낯이 없네. 이런 민망한 소리도 하기 싫어서 오지 않으려 하였으나, 그러면 배은망덕(背恩忘德)⁴⁾이라 오기는 하였네. 그러나 안 되는 놈은 자빠져도 코가 깨진다고, 도중의 주막에서 자다가 도적에게 노자와 의복을 모두 잃고 거지꼴이 되었으므로 춘이 보기가 무안하여, 아까 선뜻 들어오지 못하고 뜰에서 망설이고 있었으니, 이런 사정 알아주게."

"원 서방님도 남 같은 소리를 하시네요. 사람이 일생을 살아가려면 무슨 일을 당하지 않으리이까. 그런 근심 걱정 아예 마셔요. 과거를 못 보신 것은 역시 운수입니다. 다음에 또 보실 수가 있으니 그것도 낙망(落望)하실 것 없나이다. 내 집에 서방님 드릴 옷이 없겠소, 밥이 없겠소? 그만한 일에 장부가 근심하면 큰일을 어찌하시리까?"

---

1) 밭과 논.
2) 계집종과 사내종.
3) 집에 있는 온갖 세간.
4) 입은 은덕을 저버리고 배반함.

하고, 위로하는 연연한 정이 측량할 수 없으니, 이튿날 옥단춘은 혈룡을 보고 뜻밖의 말하기를,

"오늘은 또 이상한 날이에요. 평양 감사가 또 봄놀이로 연광정에서 잔치를 한다는 영이 내렸습니다. 내 아직 기생의 몸으로서 감사의 영을 거역하고 안 나갈 수 없으매, 서방님은 잠시 용서하시고 집에 계시면 속히 돌아오겠습니다."

하고, 옥단춘은 몸단장을 하고 교자를 타고 연과정 연회장으로 가니, 그 뒤에 이혈룡도 집을 나와서 비밀 수백한 역졸을 단속하고 연광정의 광경을 보려고 미행하여 가니라.

이때 평양 감사 김진희는 평안도 내의 각 읍의 수령을 모두 청하여 큰 연회를 배설(排設)[5]하였는데, 그 기구가 호화찬란하고 진수성찬의 배반(杯盤)[6]이 낭자하니라. 연광정의 주위는 봄볕이 모두 익어서 백화 만발하여 꽃동산이요, 잎은 피어서 청산이라, 갖은 새들도 요지연(瑤池宴)의 소식을 전하는 듯 쌍쌍이 날아들고 있었으니, 녹의홍상 수십 명의 기생의 가무 속에 풍악이 낭자하여 흥겨워 놀 적에, 암행어사 이혈룡은 찢어진 갓에 해진 옷을 떨치고 연광정 주위를 이리저리 거닐면서 연회장의 광경을 살폈는데, 남루한 의관과는 달리 의기는 양양하니라.

역졸들과 약속한 시각이 다가오자 이혈룡은 그 남루한 행색으로 성큼성큼 연광정 대상(臺上)으로 올라가니, 이때 당황한 나졸들이 와르르 달려와서 혈룡을 잡아서 층계 밑에 꿇려 놓으니, 김 감사가 대상에서 호통을 치니라.

---

5) 의식이나 연회 등에서, 필요한 여러 가지 제구를 차려 놓음.
6) 술을 마시는 잔과 그릇. 또는 술상에 놓인 그릇이나 그 안에 담긴 음식.

"너 이놈 이혈룡이로구나. 네가 저번에 죽지 않고 또 살아서 왔느냐? 이번에는 어디 견디어 보라!"

"나도 전번에 너를 친구라고 신세를 지려고 하였으나, 나도 양반의 자식이라. 이놈 진희야, 들어 보라. 머나먼 길에 너를 찾아 왔다가 영문에서 통기도 못하고 근근이 지내다가, 이 연광정에서 네가 놀고 있는 것을 보고 반가워하였으나, 너는 나를 미친놈이라고 대동강의 사공을 불러서 배에 태워 물 속에 던져서 죽이지 않았느냐. 내 물귀신 될 원혼이 오늘 또다시 네가 연광정에서 호유(豪遊)¹⁾하기에 다시 보려고 왔다."

혈룡의 귀신이 원수를 갚으러 왔다는 위협에 김 감사도 등골이 섬뜩하여 좌우 비장(裨將)²⁾을 노려보며 어떻게 하랴 하고 물으니, 비장이,

"아무래도 참말 같지 않사옵니다. 죽은 원혼이 어찌 사람 모습이 되어 올 수 있습니까? 그때 데리고 갔던 사공을 불러다가 문초(問招)하여 보시는 것이 좋을까 합니다."
하고, 사공을 빨리 잡아들이라는 영을 내리니, 나졸들이 청령(聽令)하고 나가서 잡아가면서 어르기를,

"야단났다, 야단났다. 너희들 사공 놈들 야단났다. 어서 빨리 들어가자."
하고, 사공들의 덜미를 잡고 연광정 밑으로 가니,

"사공 놈을 잡아왔소."

나졸들의 복명(復命)³⁾하는 소리가 산천에 진동하니라. 이 광

---

1) 호화롭게 놂.
2) 조선 시대에 감사·유수·병사·수사 등을 수행하던 무관·막료·막비.
3) 명령에 따라 처리한 일의 결과를 보고함.

경을 보고 있던 연회장의 옥단춘은 사공이 매에 못 이기고 사실대로 불어 대면 자기도 죄를 당할 것이고, 그보다 귀신 아닌 자기의 서방님 이생원이 능지처참(凌遲處斬)[4]될 것을 생각하고 전신이 벌벌 떨렸으나, 김 감사는 형방을 불러서 형구(形具)를 차려 놓고,

"그놈을 능지가 되도록 때려서 문초하라."

추상같은 엄명을 내리매, 형방조차 겁을 내고 뱃사공들을 치면서 얼러 대기를,

"이놈들 들어 보라. 저번에 너희들은 저기 저 양반을 영대로 물에 던져 죽였느냐? 바른대로 고하라!"

사공들은 악착같은 악형에 못 이기고 여차여차하였다고 사실대로 토설(吐說)[5]하고 말았으니, 김 감사는 다른 형방에게,

"저 이혈룡은 목을 베어 죽여도 죄가 남을 놈인데, 아까 형방 놈은 내 앞에서 저놈을 양반이라고 불러서 존대하였으니, 그 형방 놈도 혈룡 놈과 죄가 같다!"

하고, 먼저 형방을 잡아 꿇리고 분을 이기지 못하여 책상을 치면서 호통치기를,

"전부터 내 수청도 거역한 요망스러운 기생년 옥단춘을 잡아내라!"

좌우 나졸이 일시에 달려들어 소복 단장한 채로 분(粉)결[6] 같은 손목을 덥석 잡아서 끌어내리매, 연광정이 뒤집힐 듯이

---

4) 지난날, 대역(大逆) 죄인에게 내리던 극형으로, 머리·몸·손·팔다리를 토막 쳐서 죽임.
5) 숨겼던 사실을 처음으로 밝혀 말함.
6) 분의 곱고 부드러운 결.

살벌한 형장으로 일변하였으니, 평생에 이런 봉변을 만나 보지 않다가 오늘 이런 일을 당하자 수족을 벌벌 떨면서 이혈룡을 돌아보고,

"여보시오, 이것이 웬일이오? 내가 그처럼 집을 보고 있으라고 신신당부하였는데 정말로 귀신이 되려고 여기 왔소? 무슨 살매[1]가 들려서 죽을 곳을 찾아왔소? 내 집의 재물만으로도 호의호식 지낼 텐데 어찌하여 여기 와서 이 지경이 된단 말이오? 애고애고 우리 낭군 어찌하면 살 수 있소? 요전번에 죽을 목숨 살려 백년해로(百年偕老) 언약하고 즐겁게 살려 하였더니, 일년이 못 되어 이런 죽음 웬일이오? 애고애고 우리 낭군 야속하고 원통하오. 나는 지금 죽더라도 원통할 것 없건마는, 낭군님은 대장부로 생겨나서 공명 한 번 못 해보고 억울하게 황천객이 되면 얼마나 원통한 일이오. 아아, 낭군 팔자나 내 팔자나 전생의 무슨 죄로 이다지도 험악하단 말인가? 사주팔자(四柱八字)가 이럴진대 누구를 원망하겠소. 죽어도 같이 죽고 살아도 같이 살 우리이매, 저승에서 죽어도 후세에 다시 만나 이승에서 미진한 우리 정을 백년 다시 살아 보십시다. 임아 임아, 우리 낭군 어찌하여 살아날까? 아무리 원통해서 저승에 만나자고 빌어 봐도 지금 한 번 죽어지면 모든 것이 허사로다."

하며, 통곡하는 옥단춘의 정상을 누가 아니 슬퍼하랴. 그러나 이혈룡은 태연한 말로 옥단춘에게 다짐하니라.

"춘아 춘아 내 사랑 옥단춘아, 너무 슬피 우지 마라. 네 울음 한 마디에 내 간장 다 녹는다. 내가 죽고 너 살거든 내 원수를

---

1) 사람의 의지와 관계없이 초인적인 위력에 의해 지배된다고 생각하는 길흉화복.

네가 갚고, 네가 죽고 내가 살면 네 원수를 내가 갚아 주마."
 이때 김 감사가 사공들에게 호령하느라.
 "이혈룡과 옥단춘이 두 년 몸을 한배에 싣고 나 보는 앞에서 대동강 깊은 물에 던져 보리라!"
 "네잇!"
 사공들이 저희들 도숨 산 것만 다행으로 여기고 물러나자, 김 감사는 또 영을 내려서 북소리를 세 번 덩덩겅 울리니,
 "그 연놈을 빨리 함께 죽여라!"
하고, 아까 이혈룡을 양반이라고 부른 형방을 또다시 호령하니, 그 형리가 애걸하기를,
 "제 잘못은 과연 사또 앞에서 죽어 마땅하오나 다시는 그런 죄를 지지 않겠으니 한 번만 용서하여 주십시오."
 김 감사는 겨우 분을 풀고 그 형방을 용서하였으나, 이때 아직 신분을 밝히지 않은 암행어사 이혈룡이 사공들에게 묶여서 배에 실려 오를 적에 탄식하고 하는 말이,
 "붕우유신(朋友有信)[2] 쓸데없고, 결의형제 쓸데없구나. 전에는 너와 내가 생사를 같이 하자고 태산처럼 맺었더니, 살리기는 고사하고 죄 없이 죽이기를 일삼으니 그럴 법이 어디 있나. 오륜(五倫)[3]을 박대하면 앙화(殃禍)[4]가 자손에까지 미치리라."
하고, 대동강의 맑은 물을 바라보며 한탄을 계속하니라.
 "대동강 맑은 물아, 너와 내가 무슨 원수로, 한 번 죽기도 억

---

2) 오륜(五倫)의 하나. 벗 사이의 도리는 믿음에 있음.
3) 유교에서 이르는 다섯 가지의 인륜(人倫). 부자(父子) 사이의 친애(親愛), 군신(君臣) 사이의 의리, 부부(夫婦) 사이의 분별(分別), 장유(長幼) 사이의 차서(次序), 붕우(朋友) 사이의 신의(信義)를 말함.
4) 지은 죄로 인해 받게 되는 온갖 재앙.

울한데, 두 번이나 죽이려고 이 모양을 시키느냐. 정말로 죽게 되면 가련하고 원통하다."

이때 옥단춘이 이혈룡의 손을 부여잡고 만경창파 바라보며 기절할 듯이,

"원통하고 가련하다. 무죄한 우리 목숨 천명을 못 다 살고 어복중(魚復中)의 원혼 되니, 청천은 감동하사 무죄한 이 인생을 제발 살려 주소서."

하고 하늘에 호소할 때, 물에 던지기를 재촉하는 북소리가 한 번 울리니, 옥단춘은 더욱 기가 막히더라.

"애고애고 이 일을 어찌할까? 임아 임아 낭군님아, 어찌 하면 산단 말고?"

"울지 마라 울지 마라, 죄 없으면 사느니라. 울지 말고 정신 차려라."

이때 북소리가 두 번 울리매, 춘이 자지러지게 놀라면서,

"임아 임아 서방님아, 이제는 꼭 죽었지 못살겠소. 살려주소. 살려주소. 무죄한 이 소첩을 제발 살려주소. 신명께 맹세하여 아무 죄도 없습니다."

이때 세 번째 북소리가 들렸으니, 사공들은 당황히 재촉하니라.

"어서 물에 들어가소. 일시라도 지체하면 우리 목숨 죽을 테니 어서 물로 들어가소."

하고 성화같이 재촉하니 옥단춘이 넋을 잃고,

"여보 사공님들 들어보소. 당신들도 사람이면 무죄한 이 인생을 왜 그리 죽이려 하오? 나만은 자결할 테니, 우리 낭군 살려 주소."

"아무리 야속해도 감사님 명령이 엄격하니, 살릴 묘책 없소이다. 어서 바삐 조처하소."

옥단춘은 단념하고 두 눈을 꼭 감고 치마를 걷어 올려서 머리에 쓰고 이를 갈면서 벌벌 떨고,

"에구머니 나 죽는다!"

한 마디 지르고 풍덩 뛰어들려고 하는 순간, 이혈룡이 깜짝 놀라서 옥단춘의 손을 부여잡고 가로되,

"춘아 춘아, 죽어도 같이 죽고 살아도 같이 살자."

하고 잡아서 옆에 앉히고, 저쪽 연광정을 흘겨보면서,

"애들, 서리 역졸들아!"

하고, 부르는 소리 천지를 진동하니, 난데없는 역졸들이 벌떼처럼 달려들며, 우뢰 같은 고함 소리와 함께,

"암행어사 출도하옵시오!"

하는 소리가 연광정과 대동강을 뒤엎을 듯하니라.

"저기 가는 뱃사공아, 거기 타신 어사또님 놀라시지 않도록 고이 고이 잘 모셔라!"

이때 암행어사 이혈룡이 비로소 배 안에서 일어서면서 사공에게 호령하기를,

"이 배를 빨리 연광정으로 돌려 대라!"

사공들이 귀신에 홀린 듯이 어찌할 바를 모르고 허둥지둥 배를 몰아 연광정 밑으로 대니, 옥단춘이 그때야 정신을 차리고 원망스러운 듯이,

"임아 임아, 암행어사 서방님아, 이것이 꿈이런가, 만일에 꿈이라면 깰까 봐 걱정이오."

어사또가 옥단춘을 뒤로하며,

"사람은 죽을 지경에 빠진 후에도 살아나는 법인데, 너 이런 재미 보았느냐."

하고 여유 있게 말하니, 옥단춘이 비로소 마음 턱 놓고 재담으로 대꾸하니라.

"구중궁궐(九重宮闕)[1] 아녀자가 어디 가서 보오리까."

어사또 출도하여 연광정에 좌정(坐定)하고 사방을 살펴보니, 오는 놈 가는 놈이 모두 넋을 잃고, 역졸에게 맞은 놈은 유혈이 낭자하다. 눈 빠진 놈, 코 깨진 놈, 머리 깨진 놈, 팔 부러진 놈, 다리 부러진 놈, 엎드러진 놈, 자빠진 놈이 오락가락 무수하다. 그중에서 각 읍의 수령들은 불의의 변을 당하고 겁낸 거동 가관이다. 칼집 쥐고 오줌 싸고 안장 없는 말을 타고, 개울로 빠져들고, 말을 거꾸로 타기도 하고, 동서를 분별하지 못하여 이리 저리 갈팡질팡 도망친다. 오다가 혼을 잃고 가다가 넋을 잃고 수라장으로 요란할 제, 평양 감사 김진희의 거동이 가장 볼만하니라.

김 감사는 수령들과 기생들을 거느리고 의기양양 노닐다가, 암행어사 출도 통에 혼비백산 달아날 제, 연광정 누다락의 높은 마루 밑에서 떨어져서 삼혼칠백(三魂七魄)[2] 간 데 없고, 두 눈에 동자부체 벌써 떠나 멀리 가고, 청보에 똥을 싸고, 신발 들메 하느라고 야단이라. 이때에 비장들이 달려들어 잡아 나꾸자, 어사또 그놈을 잡아내라고 추상같이 달려들어서 사지를 결박해서 어사또 앞으로 끌어다 엎어놓느니라.

"너희들 들어라! 남의 막하에 있어 관장이 악한 정사를 하면

---

1) 문이 겹겹이 달린 깊은 대궐. 늘 집에만 갇혀 사는 여인의 신분을 나타냄.
2) 사람의 혼백을 통틀어 이르는 말.

바른 길로 권할 것이지, 그러지 않고 악한 짓을 권하니, 무죄한 백성이 어찌 편히 살며, 양반이 어찌 도의를 지킬 수 있겠느냐!"

하는 호통을 하며, 형벌 제구를 내어놓고, 팔십 명 나졸 중에서 날랜 놈 십여 명을 골라서 형장을 잡히니라.

"너희들, 매질에 사정 두면 명령 거역으로 죽을 줄 알아라."

엄명을 받은 용맹한 나졸들이 사정없이 볼기 육십 대씩 때려서 큰칼을 씌워서 옥에 가두고, 김 감사를 마지막으로 다스리니라. 서리 나졸들이 감사의 상투를 거머잡고 끌어내면서,

"평양 감사 김진희 잡아 왔습니다."

하고, 복명하는 소리가 진동하니라.

"너 김진희 오늘부터 파직한다."

어사또 이혈룡이 탐관의 벼슬을 탈하니, 공사로는 통쾌하나 사사로운 옛정을 생각하면 슬픈 마음 금할 수 없었으나 엄명을 받은 나졸들은 형구를 갖추고 형틀 위에 달아매었고, 팔십 명의 나졸과 서리 역졸이 좌우로 나열하여 어사또의 영을 기다리니, 형장(刑杖) 든 놈, 곤장(棍杖) 든 놈, 능장 든 놈, 태장 든 놈이 각각 형구를 뽑내며 팔을 걷어올리고 이를 악물고 벼르고 가로되,

"여봐라 김진희야. 너는 나를 자세히 보라. 이 천하에 몹쓸 김진희야. 너와 내가 전일에 사생동거(死生同居)를 맹세하고 공부할 적에, 성은 서로 다를망정 대대로 친구의 두 집안이오. 서로의 정의가 동골동태(同骨同態)인들 어찌 그보다 더 친근하였으랴. 그 시절의 우리 맹세가 네가 먼저, 귀히 되면 나를 살게 해주고, 내가 먼저 귀히 되면 너를 살게 해 보자고 네 입으

로 맹세하지 않았더냐. 마침 네가 먼저 등과(登科)하여 평양 감사가 되었으므로, 옛날에 맺은 태산 같은 언약을 생각하고 행여나 나를 도와줄까 하고 찾으려 하였으나 노자 한 푼 없어서 그것조차 마음대로 하지 못할 빈곤한 내 처지였는데, 그때 아내가 첫 근친 갈 때에 입었던 윗옷을 팔아 준 몇 푼을 가지고 너를 찾아 평양까지 걸어 왔으나, 네 높은 영문에서 내가 왔다는 통성명도 하지 못하고 여러 날을 묵새기다가, 방 값이 없어서 주막집에서도 쫓겨났으니, 그 뒤로 이리 저리 방황하다가 기갈이 심해서 입은 옷을 벗어 팔아서 밥을 사 먹은 것도 한 때뿐 아니며, 거지꼴로 문전걸식 다닐 적에, 네가 마침 대동강에서 큰 잔치를 벌리고 호유한다는 소문을 듣고, 그날 너를 만나 볼까 하고 찾았으나, 배반이 낭자하고 음식이 푸짐하고 풍악이 굉장할 제 굶주린 내 구미가 얼마나 동하였겠느냐. 네가 그때 남아 버리는 음식 조금만 주었으면 너도 생색나고 나도 좋을 것을, 너는 나를 미친놈이라고 사지를 묶어 배에 실어다가 대동강 물 속에 넣어 죽이려 한 것은 무슨 까닭이냐? 이 악독한 김진희 놈아, 바른대로 아뢰어라!"

어사또의 호령이 내리자, 좌우의 나졸들이 벌떼같이 달려들어 번개같이 곤장 태장으로 두들겨 대며 가로되,

"애고애고, 어사또님 제발 살려 주십시오. 제가 죽을죄를 진 것은 저도 모를 귀신이 시켜서 그랬사오니, 죽고 사는 것은 어사또 처분이오니, 죽을죄 지은 놈이 무슨 말씀하오리까. 처분만 바라오며 잔명을 비옵니다."

"네 이놈, 나뿐 아니라. 죄 없는 옥단춘까지 나와 함께 죽이려 한 것은 무슨 까닭이냐? 네 죄를 생각하면 도저히 살려 둘

수 없다."

어사또는 여기서, 전에 자기를 배에 싣고 물에 넣으러 가던 사공들을 불러 놓고,

"너희들 이 놈을 배에 싣고 대동강 깊은 물에 던져 버려라."

사공들이 어사또의 영을 듣고 김진희를 끌어다 배에 싣고 만경창파 물위로 떠나기 시작하니라. 이 때 어사또가 어진 마음으로 다시 생각하고 불쌍히 여겨서,

"저 놈의 죄는 만 번 죽여도 부족하지만, 나로서 옛정을 생각하니 차마 죽일 수가 없구나."

하고 나졸을 불러서 분부하니라.

"너희들 급히 매에 가서 그 양반을 물 속에 한참 넣었다가 거의 죽게 되었을 때에 도루 건져서 배에 싣고 오너라."

"네잇."

하고, 나졸들이 강을 향하여 달려갈 적에, 별안간 뇌성벽력(雷聲霹靂)이 일어나더니 김진희를 벼락쳐서 시체도 없이 분쇄해 버렸다. 나졸들과 사공들이 돌아와서 김진희가 천벌의 벼락을 맞고 머리털 하나 찾어 볼 수 없게 되었다는 연유를 아뢰니, 이혈룡 어사또는 그래도 살려 주려 하였던 김진희가 천벌로 참혹하게 죽었다는 소식을 듣고 옛정을 생각하고 슬퍼하더라. 그 후에 김진희의 처자와 노비와 비장 등 여덟 명을 불러들여 위로하기를,

"나는 진희를 참아 즉이지는 못하고 정배(定配)[1]하려 하였으나 하늘이 괘씸히 여기시고 천벌을 내렸으니, 내 원망은 하지

---

1) 배소를 정해 귀양 보냄.

말라. 나도 실은 옛정을 생각하고 속으로 많이 울었는데, 기왕 죽은 사람은 할 수 없으니 남은 가족들은 마음을 진정하고 집으로 돌아가서 잘들 살아라."
하고, 각각 노자를 후하게 주어서 집으로 돌려보내니라. 평양 성안의 모든 사람들은 포악하던 김 감사의 천벌을 통쾌히 여기고, 또 이 어사또의 김 감사 유족에 대한 인정을 자자하게 칭찬하니라.

어사또가 김진희의 파직과 천벌의 경우를 상세히 기록하여 나라에 보고하자, 상감께서 들으시고 어사또의 처리를 칭찬하시고, 이때에 어사또가 상감이 주신 셋째 봉서를 뜯어보니 '암행어사 겸 평양 감사 이혈룡'이라는 사령장이 들어 있었으매, 이혈룡은 천은을 배사(拜謝)[1]하고 평양 감사로 도임하니라. 도임 후에 육방을 점고하고 각 읍 수령을 연명하고, 잔치를 베풀어 관방의 부하와 민간의 선비들을 초청하여 위로하니라. 그리고 옥단춘의 은혜를 치사하고, 뱃사공들에게도 각각 후한 상금을 주니라. 그리고 그날부터 어진 마음으로 치민치정(治民治定)[2]을 잘 하였으므로 거리거리에 송덕비(頌德碑)가 여기저기 서니라. 이 감사는 칭찬을 받고 선정(善政)을 찬양하는 백성의 존경을 한 몸에 받게 되니라.

상감이 이 소문을 들으시고 크게 기뻐하셔서 곧 승차하여 우의정을 봉하시고, 대부인으로 충정부인을 봉하시고, 부인 김씨를 정렬부인을 봉사하시고, 옥단춘으로 정덕부인을 봉하셨으니, 이로써 이혈룡이 일시에 부귀공명하고 국태민안(國泰民

---

1) 삼가 사례함.
2) 백성과 나라를 다스림.

安)³⁾하니, 위엄과 세도가 나라에서 으뜸이라 만인이 칭찬하고 부러워하고 그 높은 명성이 천하에 빛나니라.

---

3) 나라가 태평하고 국민의 생활이 평안함.

작품 해설

지은이와 창작 연대가 알려져 있지 않은 고대 소설로, 〈곽씨경전〉 또는 〈이어사전〉이라고도 부른다.
작품의 줄거리는 다음과 같다.

김진희와 이혈룡은 함께 공부하면서 양가 부모님들의 남다른 우의를 생각하여 출세하면 서로 돕기로 맹세했다. 그 후 부모님들이 죽고, 김진희는 과거에 급제하여 평양 감사가 된 반면 이혈룡은 곤궁한 처지가 되었다.
혈룡은 지난날의 약속만 믿고 평양 감영으로 진희를 찾아가 도움을 청하려 했지만 관속들의 저지로 만나지 못한다. 그 뒤 연광정에서 연회를 벌이고 있는 진희를 찾아갔으나 진희는 혈룡을 반가워하기는커녕 죽이려고 한다. 이때 잔치에 참가하고 있던 기생 옥단춘이 혈룡의 비범함을 보고 구출하여, 두 사람은 가연을 맺어 행복하게 지낸다.

이후 옥단춘의 권고로 과거를 보러 한양으로 간 혈룡은 과거에 급제하여 암행어사가 되어 걸인 행색으로 다시 옥단춘을 찾아간다. 그럼에도 그녀는 그의 행색과는 상관없이 그를 따뜻하게 반겼다.
 연광정에서 잔치를 벌이고 놀던 진희가 걸인 혈룡을 보고 옥단춘과 함께 강물 속에 던져 죽이라고 명한다. 옥단춘이 믈에 빠지려는 순간에 혈룡이 마패를 꺼내 보이며 나타나 김진희를 봉고파직하고 물에 던져 죽일 것을 명한다. 그러나 옛 정을 생각하여 정배를 보내려고 한 순간, 난데없이 하늘에서 벼락이 떨어져 진희는 죽고 말았다.
 그 뒤 혈룡은 우의정까지 벼슬이 오르고 옥단춘을 제2부인으로 삼아 본부인과 함께 부귀를 누렸다.

 이처럼 이 소설은 평양 기생 옥단춘의 순정과 절의, 이혈룡과 김진희라는 친구 사이의 그릇된 우정 문제를 다루고 있다. 다만, 전체적인 구성은 조선 시대 소설의 일반적인 유형인 해피엔딩을 취하고 있다.

인물 설정이나 내용의 구성으로 볼 때 〈춘향전〉을 모방한 것은 아닌가 여겨진다. 주인공들의 이름이 〈춘향전〉의 주인공 이몽룡과 성춘향에 대하여 이혈룡과 옥단춘으로 비슷하고, 〈춘향전〉의 신분 관계와 주인공들의 신분 관계가 같으며, 어사 출두나 봉고파직 등 결말 부분의 줄거리가 똑같을 뿐 아니라, 율문체인 점 등 〈춘향전〉과 유사한 점이 많다. 이 때문에 이 작품이 〈춘향전〉을 모방한 작품으로 추정되고 있다. 하지만 〈춘향전〉이 복잡한 구성을 하고 있는 데 반해 〈옥단춘전〉은 짧은 이야기에 어울리게 아주 단순한 구성을 하고 있다.

한편, 이 작품의 내용과 유사한 김우항 설화가 있기도 하다. 숙종 때 김우항이라는 사람이 등과하기 전에 불우하게 살다 강계 부사로 있던 이종(姨從)에게 도움을 청했다고 한다. 그런데 이종이 오히려 그를 감금하려고 하자 김우항이 도망쳐 나와 기생 홍도의 도움으로 과거에 급제하고 평안 감사가 되어 이종의 죄를 벌한 일이 있었다고 한다. 이 이야기는 〈옥단춘전〉의 구성과 매우 유사하다. 그래서 더러 이 작품이 김우항 설화를 소설화한 것으로 보기도 한다.

현재 10여 종 이상의 필사본과 15종의 활자본이 있지만 내용은 모두 비슷하다.

숙영낭자전

 조선 세종대왕 때, 경상도 땅에 한 선비가 살고 있었으니, 성은 백(白)이요 이름은 상군(尙君)이라 하였다. 부인 정씨와 이십 년을 함께 살아 왔으나 슬하에 자식이 없어서 걱정하고, 늘 천지신명(天地神明)께 아들 하나 점지해 주시기를 지성으로 축원(祝願)하였다. 그 간곡한 정성으로 아들 하나를 점지받았는데, 점점 자라는 동안에 용모가 수려하고 성품이 온유하며 문재(文才)가 넘쳐흘렀다.

 백상군 부부는 하늘이 내려 주신 이 외아들을 금지옥엽(金枝玉葉)[1] 애중(愛重)하여 이름을 선군이라 하고 자를 현중이라고 지었다. 백선군은 자라서 어느덧 장가들 나이에 이르렀다. 부모는 자식에게 적당한 짝을 얻어서 슬하에 두고 살아가는 재미를 보고자 널리 구혼하였으나 알맞은 혼처가 얼른 나타나지 않

---

1) 황금으로 된 나뭇가지와 옥으로 만든 잎이란 뜻으로, 귀여운 자손을 일컬음.

아 항상 걱정이었다.

 이때 봄볕이 따뜻하게 버들가지를 희롱하는 좋은 계절에 선군이 서당에서 글을 읽다가 몸이 피곤하여 누웠더니, 어느 틈에 낭자가 살며시 방문을 열고 들어와서는 두 번을 절하고 옆에 앉더니, 이렇게 말하였다.

 "도련님께서는 저를 모르시나요? 제가 여기에 온 것은 다름이 아니오라 도련님과 저와는 천생연분(天生緣分)이라 찾아 뵈옵는 것이옵니다."

 낭자의 말을 듣고 선군은 크게 놀라며 물었다.

 "나는 진세(塵世)[1]의 속객(俗客)이러니와 낭자는 천상의 선녀가 아니오? 그런데 어찌하여 우리 사이에 연분이 있다 하시오?"

 이에 낭자가 말하였다.

 "도련님께서는 원래 천상에서 비를 내리는 선관이셨는데, 어느 날 비를 그릇 내리신 탓에 그 죄로 인하여 인간 세상에 귀양을 오셨으니 머지않아 저와 더불어 만나 뵈올 날이 있을 것이옵니다."

 이로써 선녀 낭자는 홀연히 사라져 버렸다. 선녀는 사라졌으되 그 향기는 사라지지 않으므로 선군이 이상히 여겨 선녀가 사라져 간 허공을 향하여 바라보는 동안에 잠에서 깨어나니 책상에 기대어 조는 동안에 잠시 꾼 꿈이었다. 그러나 꿈속에서 본 선녀의 모습이 너무나 확연하여 잠을 깨고 난 후에도 그 모습이 눈에 선하고 맑고 고운 음성이 귓가에 쟁쟁하였다.

---

1) 띠끌 세상. 속세.

그 후부터 선군의 꿈속에서 만난 그 낭자의 아리따운 모습을 잊을 수가 없어서 마음이 초조하고 불안하여 마침내는 병이 되어 몸까지 쇠약해지기에 이르렀다.

형용(形容)이 수척하여 번민하는 기색이 역력해진 선군을 보고 그의 부모가 크게 염려하여 그 연유를 물었다.

"너의 병세가 심상치 않거니와 무슨 곡절이 있거든 숨기지 말고 말하여라."

"별로 걱정될 만한 일은 없사오니 안심하소서."

선군은 서당으로 물러나와 잡념을 잊고자 가만히 누웠다. 그러나 마음은 낭자 생각으로 가득하여 모든 일에 흥미를 잃었다. 그런데 이때 갑자기 그 낭자가 구름처럼 나타나서 선군의 옆에 앉으면서 위로하였다.

"도련님께서 저를 생각한 나머지 이처럼 병을 얻었으니 어찌 제 마음이 편하오리까? 제가 도련님을 위로해 드리고자 제 화상(畵像)과 금동자 한 쌍을 가져왔사오니, 제 화상을 도련님 침실에 두시고 밤이면 안고 주무시고, 낮에는 벽에 걸어 두어 도련님의 울적한 마음을 달래사이다."

선군은 너무나 반가워서 낭자의 고운 손을 부여잡고 다정하게 속삭이려고 할 찰나에 그만 낭자의 자취는 사라져 버렸다. 깜짝 놀라 깨어 보니 꿈이었다. 그러나 금동자 한 쌍과 낭자의 화상이 분명히 옆에 놓여 있는 것이 아닌가? 선군은 기이하게 여기면서 금동자는 상 위에 올려놓고, 화상은 벽에 걸어 두고 밤낮으로 그 곁을 떠나지 아니하였다.

이러한 소문이 밖으로 새어 나가 세상 사람들이 신기하게 여기고 모두들 구경하고자 선군의 집으로 몰려들었다.

"백선군의 집에는 선녀가 갖다 준 신기한 보배가 있다."

저마다 비단을 갖다가 그 화상과 금동자 앞에 바치고는 구경도 하고 저마다 복을 빌기도 하였다. 그리하여 백선군의 집은 점점 형편이 나아지게 되었다. 그러나 백선군은 오로지 그 낭자를 사모하는 일념(一念)으로 넋을 잃어 만사에 뜻이 없었는지라 그 모습은 참으로 가련하기만 하였다. 점점 악화되는 병세 속에서 선군은 백약(百藥)이 무효(無效)하여 드디어 자리에 드러누워 식음(食飮)을 전폐하기에 이르렀다.

선군의 그러한 딱한 정상을 동정하여 낭자도 '선군이 나를 사모한 까닭에 이처럼 병을 얻었는데 내 어찌 가만히 있으리오.' 하고는 선군의 꿈에 자주 나타나서 위로해 주었다.

"도련님께서 저를 잊지 못한 나머지 이처럼 병을 얻었으니 저로서는 이토록 고마울 데에 없어서 다만 감격할 뿐이옵니다. 저와의 연분은 아직 때가 이르지 아니하였기로, 그 동안 제 대신 시녀 매월을 보내오니 방수(房守)[1] 정하여 저를 보는 듯이 매월을 보시고 더불어 심사를 위로하소서."

이에 홀연히 사라져 버렸다.

잠에서 깨어난 선군은 그 꿈을 신기하게 여기고, 낭자의 부탁대로 매월을 시첩(侍妾)[2]으로 삼아 울적한 심회(心懷)를 얼마간은 풀었다. 하지만 낭자를 향한 애정은 여전히 선군을 괴롭혔다. 밤낮으로 낭자 사모하는 마음을 잊지 못하는 선군은 창밖의 새 소리에도 낭자의 생각으로 애간장이 굽이굽이 녹는 듯하였다. 날이 가고 달이 갈수록 선군의 괴로운 상사병은 뼛

---

1) 거처를 지키며 시중을 듦.
2) 귀인이나 벼슬아치를 곁에서 모시고 있는 첩.

속 깊이 박히고 말았다.
 선군의 부모는 아들의 병이 날이 갈수록 점점 더 위독해지므로 당황하고 초조하여 갖은 약을 다 쓰고 백 가지 문복(問卜)[3]을 하였으나 조금의 차도가 없음에 눈물로 세월을 보내었다. 이때 낭자가 또 생각하기를, '도련님의 병세가 저와 같이 의독하여 백약이 무효하니 하늘이 정한 연분의 시기가 아직 멀었지만 더 이상 기다릴 수가 없구나.' 하고, 선군의 꿈속에서 현몽(現夢)하여 가로되,
 "우리가 아직 만날 시기가 되지 않았습니다만, 도련님께서 그토록 제 생각으로 괴로워하시니 제 마음도 편하지 못하옵니다. 도련님께서 저를 만나시고자 하신다면 부디 옥연동으로 찾아오사이다."
 그러고는 역시 홀연히 사라져 버렸다.
 잠에서 깨어난 선군은 꿈속에서의 황홀함을 잊지 못하여 어찌할 줄 모르다가, 마침내 결심을 하고는 부모님 앞으로 나아갔다.
 "요즈음 제 마음이 불안하여 침식이 여의치 못하오니, 경치 좋은 산천과 이름난 절을 두루 유람하여 울적한 심사를 달래보고자 하나이다. 옥연등은 특히 산천의 경치가 매우 수려하다 하오니 그 곳에나 수삼 일 다녀오겠나이다."
 부모는 아들의 말을 듣고는 깜짝 놀라며 만류하였다.
 "네가 이제 정말 실성을 한 게로구나. 몸이 그토록 쇠약하여 문밖 출입도 부자연한 네가 그 험악한 산중에 어떻게 간단 말

---

3) 점쟁이에게 점을 치게 해서 길흉을 물음.

이냐?"

이에 허락해 주지 않았다. 하지만 선군은 끝내 굽히지 않고 졸라대었다. 아들이 미칠 듯이 가려고 하므로 부모도 결국은 승낙하지 아니할 수 없었다. 백선군은 한 필 말에 올라 동자 한 명만을 데리고 옥연동을 향하여 출발하였다.

산길은 멀고 험하였다. 산행에 밝지 못한 선군은 옥연동을 찾지 못한 채 길을 잃고 방황하였다. 날이 저물어지기 시작하자 선군은 하늘을 우러러 하소연하였다.

"밝으신 하늘은 저의 뜻을 가련히 여기시사 옥연동으로 인도하소서."

천만 가지 심회가 교차하는 가운데 한 곳에 이르니 어느덧 날이 완전히 저물고 미처 떠나지 못한 새들이 저마다 다투어 보금자리를 찾는 중이었다.

산은 첩첩하여 천봉만학(千峰萬壑)[1]이요, 물은 고요히 흘러서 한 폭의 그림을 만들고 있었다. 못에는 연꽃이 피어 불심(佛心)을 머금었고, 깊은 골에는 모란이 피어 학의 깃털처럼 날리고 있었다. 그 사이로 백설(白雪) 같은 나비들이 한가로이 날아들고 버들가지 사이로 드나들며 지저귀는 꾀꼬리 소리는 가히 황금의 음향(音響)이었다. 은하수를 휘어 낸 듯 층암절벽(層岩絕壁)[2]으로 폭포수가 걸리고, 오작교를 방불케 하는 돌다리가 명사청계(明沙淸溪)에 걸려 외로운 길손의 심정을 헤아리는 듯 하였다.

백선군은 그러한 풍경을 좌우로 지나면서 곧장 산속으로 들

---

1) 수많은 산봉우리와 산골짜기.
2) 높고 험한 바위가 겹겹이 쌓인 낭떠러지.

어갔다. '별유천지비인간(別有天地非人間)'³⁾이라더니, 정말 정신이 상쾌해지며 저절로 새의 깃털이 되어 선경으로 올라갈 것만 같았다.

다시 얼마를 가노라니 주란화각(珠蘭畫閣)⁴⁾이 구름 위에 두둥실 떠 있고, 그림 같은 비단 창문이 은은하게 빛나는데 금자(金字)로 '옥연동'이라고 뚜렷이 쓴 현판(懸板)⁵⁾이 걸려 있었다. 너무도 기쁜 나머지 백선군은 경황없이 당상(堂上)으로 뛰어 올라갔다. 그때 한 명의 낭자가 불쑥 앞으로 나서며 물었다.

"그대는 속객(俗客)으로서 어찌 감히 선경(仙境)을 범(犯)하느냐?"

선군은 공손하게 말하기를,

"나는 산을 유람 온 사람으로서 산천 경치에 취하여 돌아다니다가 길을 잃고 방황하여 여기까지 왔는바, 이곳이 선경인 줄도 모르고 무례히 범하였사오니 용서하여 주옵소서."

"그대가 만약 몸을 아끼려 들거든 어서 이곳을 물러나라."

선경의 낭자에게 쫓겨나자 선군은 낙심하여 생각하되, '이곳이 분명히 옥연동인데 만약 이 기회를 놓치면 어찌 그리운 낭자를 다시 만나랴?' 하고는, 다시 용기를 내어 안으로 들어갔다.

"낭자께서는 어찌하여 나를 이토록 괄시하시나이까?"

그러자 그 낭자는 들은 체도 않고 방으로 사라진 뒤에는 도무지 내다보지도 아니하였다. 선군은 망설이다가 할 수 없이

---

3) 인간 세상이 아니라는 뜻으로 경치가 매우 아름다운 선경(仙境)을 이르는 말.
4) 단청을 곱게 해서 아름답게 꾸민 누각.
5) 글씨나 그림을 새기거나 써서 문 위의 벽 같은 곳에 다는 널조각.

다시 당을 내려오기 시작하였다.
　이때 낭자가 방에서 나와 옥 같은 얼굴에 화사한 기색을 가득 담고 화란에 기대어 서서 붉은 입술을 반쯤 열어 미소를 보내며 나직한 목소리로 백선군을 불렀다.
　"낭군께서는 가시지 마시고 제 말씀을 들으사이다. 낭군께서는 어찌 그리 눈치도 없으신가요? 우리 사이에 제아무리 하늘이 정해 준 연분(緣分)이 있다 하더라도 처녀의 몸으로서 어찌 그리 쉽게 허락할 수 있으리오? 낭군께서는 부디 섭섭한 생각 갖지 마시옵고 다시 올라오소서."
　백선군은 선녀의 목소리를 듣자 전에 꿈에서만 보던 그 낭자임을 알고는 기쁨을 이기지 못하여 곧장 당상으로 뛰어 올라가서 낭자의 얼굴을 자세히 바라보았다. 낭자의 얼굴은 틀림없는 화상의 얼굴이었다. 얼굴은 구름 속의 보름달과 같이 희고 고왔으며, 그 태도는 아침 이슬을 머금은 한 떨기 모란꽃과도 같았다. 두 눈에 머금은 추파(秋波)[1]는 맑은 물과 같고, 가는 허리는 봄바람에 나부끼는 버들가지 같았으며, 붉은 입술은 마치 앵무단사(鸚鵡丹沙)[2]를 물고 있는 듯하여, 그 아리따운 모습이란 가히 독보적인 절세가인(絶世佳人)이라고 할 만하였다. 선군은 마음이 더없이 황홀하여 낭자를 보고 이르되,
　"이제 낭자 같은 아름다운 선녀를 대하니 오늘 밤에 죽더라도 여한이 없겠습니다."
　이에 그 동안 낭자 생각에 잠 못 이루던 그 무수한 밤의 정회

---

1) 여자의 은근한 정을 나타내는 아름다운 눈짓.
2) 육방정계(六方晶系)에 딸린 진홍색의 광석. 수은과 황의 화합물로 수은 제조 및 적색 채료(彩料)와 약재 등에 쓰임.

(情懷)³⁾를 술회(述懷)하니 낭자는 수줍어하면서 말하였다.

"한낱 저 같은 계집을 그처럼 잊지 못하여 병까지 얻으셨으니 어찌 대장부라 하겠나이까? 우리가 하늘의 정하심으로 배필(配匹)을 맺을 기운이 아직도 삼 년이나 남았습니다. 삼 년이 지나면 파랑새로 하여금 중매를 서게 하여 함께 만나 육례(六禮)⁴⁾를 이루고 백년해로(百年偕老)를 할 것이옵니다. 그러나 만약 오늘 제 몸을 낭군님께 허락한다면 천기(天機)⁵⁾를 누설한 죄로 천상에 갇혀 다시는 인간 세상으로 내려올 수 없을 것이옵니다. 그러하온즉 낭군께서는 오늘 초조한 마음을 참으시고, 앞으로 삼 년 동안만 더 기다려 주십시오."

"그 동안도 이렇듯 참지 못하고 병까지 얻었는데, 한 시인들 어찌 더 견디겠소? 오늘 내가 이대로 돌아간다면 남은 목숨도 부지하지 못하고 죽어서 구천을 방황하는 원혼(冤魂)⁶⁾이 될 것이니, 그렇게 된다면 어찌 낭자의 한 몸인들 편안하리오? 모름지기 낭자께서는 나의 간절한 정상을 살피어, 그물에 갇힌 고기를 살려 주시오."

---

3) 마음속에 품고 있는 정, 또는 그런 생각.
4) 우리나라의 재래식 혼례에서의 여섯 가지 의식으로, 납채(納采)·문명(問名)·납길(納吉)·납폐(納幣)·청기(請期)·친영(親迎)를 말함. 여기서 납채는 남자 집안에서 중매인을 통해 청혼하면 여자 집안에서 혼인 의사를 받아들이는 절차를, 문명은 남자 집안에서 여자 쪽 외가 집안을 알기 위하여 그 어머니의 성(姓)을 묻는 절차를, 납길은 신랑집에서 혼인의 길흉을 점쳐 보고 결과를 신부집에 알리는 절차를 말하며, 납폐는 신랑집에서 혼인이 이루어짐을 표하는 예물을 신부집에 보내는 절차, 청기는 신랑 쪽에서 정한 혼인할 날에 대해 택일해 줄 것을 청하는 글을 신부집에 보내는 절차를, 친영은 신부집에서 혼례식을 올리고 신랑이 신부를 데려오는 절차를 말함.
5) 천지조화의 기밀.
6) 원통하게 죽은 사람의 넋.

낭자의 손을 부여잡고 간곡히 애원하였다.

선군의 정성이 지극하고 또한 그 정상이 가긍한지라, 낭자는 마음을 돌려 미소를 지으니, 꽃 떨기 같은 얼굴에 화색이 무르익었다. 선군은 낭자의 손을 끌어 잡고 침실로 가서 그 동안 쌓아 온 가슴속의 회포를 마침내 풀었다. 절절하고 황홀한 운우지락(雲雨之樂)[1]이 끝난 후 낭자는 부끄러운 모습으로 일어나 앉으며 말하기를,

"이제 이미 제 몸이 부정해져 더 이상 이 선경에 머물러 있을 수가 없으니 낭군님을 따라 함께 가겠나이다."

낭자는 청노새를 끌어내어 선군와 함께 나란히 타고 집으로 향하였다. 선군의 부모는 쇠약해진 아들을 내어 보낸 뒤 초조하고 불안하여 좌불안석 잠을 못 이루다가 결국 노복을 사방으로 보내어 선군의 종적을 찾았으나 그 자취는 묘연하였다.

백상군 부부는 집을 나간 아들 선군의 소식을 알지 못하여 근심 걱정으로 해와 달을 보내던 중, 하루는 말발굽 소리가 문전에 들리더니 뜻밖에도 집을 나간 선군이 돌아왔다. 선군은 곧장 집 안으로 들어와 부모님께 절을 한 후, 그 동안 다녀온 자초지종을 이야기하였다. 양친은 죽은 줄로 알았던 외아들을 다시 찾은 기쁨에 아주 즐거워하였다.

"그 동안 어떤 곳을 두루 다녔느냐? 네가 집을 나간 뒤에 사방을 찾아 헤매어도 너의 자취를 찾을 수 없어 늙은 우리는 연일 문에 기대어 너 오기만을 학수고대(鶴首苦待)하였단다."

---

1) 남녀가 육체적으로 어울리는 즐거움. 중국 초나라의 혜왕이 운몽(雲夢)에 있는 고당에 갔을 때에 꿈속에서 무산(巫山)의 신녀(神女)를 만나 즐겼다는 고사에서 유래함.

"부모님께 그 동안 걱정을 끼쳐 드려 소자 몸둘 바를 모르겠나이다. 저는 옥연동이 가서 그 동안 마음속에 그리던 낭자를 만났나이다."

집을 나간 후 다시 돌아오기까지의 자초지종을 낱낱이 말씀드리고, 한편 낭자를 집안으로 들여 부모님을 뵙게 하였다. 낭자가 종종 걸음으로 사뿐사뿐 걸어서 부모님께 절을 하니, 부모는 천만뜻밖이라 낭자를 자세히 살펴보았다. 그 기품 있는 모습과 아리따운 얼굴이 도저히 인간이라고는 믿어지지 않았다. 꿈인가 생시인가, 부모는 기뻐하며 낭자를 애지중지하고 동별당에 침소(寢所)를 정해 주니, 선군과 낭자의 금실은 실과 바늘처럼, 물과 물고기처럼 결코 떨어질 줄 몰랐다. 이렇듯 선군은 낭자와 한시를 떨어지지 않고 있으니 드디어 학업(學業)을 전폐하기에 이르렀다. 부친은 선군의 장래를 위하여 매우 걱정하였으나, 낭자와의 떨어짐을 권유하면 또다시 상사의 병이 될까 하여 그냥 두고 지켜보는 수밖에 별 도리가 없었다.

세월은 유수(流水)같이 흘러서 어느덧 팔 년이란 세월이 흘렀다. 그 동안 남매를 두었는데, 천성(天性)이 영혜(英慧)[2]하고 총명한 딸의 이름을 춘앵이라 하였고, 아들은 동춘이라 하였다. 춘앵의 나이 일곱에 동춘의 나이는 셋으로, 특히 동춘은 부친의 기풍에 모친의 모습을 닮아 집안의 화기를 더욱 북돋워 주는 보배로운 존재였다.

집 안의 동편 뜰에 정자를 짓고, 꽃피는 아침나절과 달이 뜨는 저녁 무렵에는 젊은 부부가 정자에 올라앉아 칠현금(七絃

---

2) 영민하고 지혜로움.

琴)을 타며 노래를 화답하여 아름다운 풍류 세월을 보냈다.
 하지만 부모는 늘 아들이 공부에 뜻이 없는 것을 탄식하였다. 그러던 차에 마침 알성과(謁聖科)[1]를 실시한다는 방(榜)이 나붙었다. 이것을 계기로 부친은 아들 선군을 불러 놓고 조용히 타일렀다.
 "나라에서 이번에 과거를 실시한다 하니 너도 꼭 응시하여라. 다행히 급제하게 된다면 조상을 빛내고 부모도 영화롭지 않겠느냐?"
 부친의 타이름을 들은 선군은 정좌(正坐)한 채로 여쭈었다.
 "아버님, 불효한 자식 굽어살피소서. 과거며 공명은 모두가 한낱 속물이 탐하는 헛된 욕심이옵니다. 우리 집에는 수천 석을 헤아리는 전답(田畓)이 있삽고, 비복(婢僕)[2] 등이 천여 명이나 되며, 하고자 하는 일을 마음대로 할 수 있사온데 무슨 복이 또 부족하여 과거에 급제하여 벼슬아치 되기를 바라시나이까? 만약에 제가 과거에 응시하고자 집을 나선다면 낭자와는 이별하게 될 것이온즉 사정이 절박(切迫)[3]하옵니다."
 하고는 동별당으로 돌아와 낭자에게 부친의 과거 응시 권고를 말하였다. 그 말을 듣고 낭자는 조용히 미소를 지으며 사랑이 그윽한 눈길로 선군을 타일렀다.
 "과거를 보시지 않겠다는 낭군님의 말씀이 그릇된 줄로 아옵니다. 대장부가 세상에 나면 입신양명(立身揚名)하여 부모님을 영화롭게 하여 드리는 것이 자식된 도리입니다. 그러하온데 낭

---

1) 조선 시대에 임금이 성균관에 거둥하여 알성하고 나서 보던 과거.
2) 계집종과 사내종.
3) 일이나 사정이 다급하여 여유가 없음.

군께서는 어찌하여 저 같은 규중처자(閨中處子)에 얽매인 나머지 장부의 당당한 일을 포기하고자 하시니, 이것은 불효가 되고 그 욕이 마침내 저에게 돌아오니 결코 마땅한 일이 아닌 줄로 아옵니다. 하오니 낭군께서는 깊이 생각하시어 속히 과거 준비를 하시고 상경(上京)하여 남의 웃음을 면하시도록 유념하소서."

이처럼 충고하면서 또한 과거에 응시할 차림과 여정의 행장을 갖추어 주었다. 행장이 차려지자 낭자는 다시 강경한 다짐을 선군에게 하였다.

"낭군께서 이번 과거에 급제하시지 못하고 낙방거사가 되어 돌아오신다면 저는 결코 살지 아니할 것이옵니다. 하오니, 다른 잡념 일체를 버리시고 오직 시험에 대한 일념으로 상경하셔서 꼭 급제하여 돌아오시기 바라옵니다."

부모에게 들던 말보다도 낭자에게 들으니 선군의 급제는 스스로 더욱 절실하게 생각되었다. 할 수 없이 부도님께 하직 인사를 올리고 떠나려 하다가 다시 낭자에게 들려 달하기를,

"내가 과거 급제하여 돌아올 때까지 부디 부모님 잘 모시고 편안한 마음으로 기다리시오."

이에 평범한 말로 이별을 고하였다. 겉으로는 태연한 척하였지만, 사랑하는 아내를 두고 떠나려 하니 걸음이 옮겨지지 않아 한 걸음에 멈추어 서고 두 걸음에 뒤를 돌아다보며 애련한 정을 뿌리치지 못하였다. 이를 보고 낭자가 중문 밖에까지 따라 나와 배웅하면서 남편과 마찬가지로 기쁨과 슬픔을 억제하지 못하였다. 선군은 마침내 눈물이 앞을 가려 처절한 정경을 보이면서 사랑하는 숙영 낭자와 이별하였으나 발걸음이 떨어

지지 않아 그날은 하루 종일 삼십 리밖에 가지 못하였다. 주막집을 찾아 들어 저녁상을 받고서도 오직 낭자 생각에만 골몰하여 음식조차 먹을 수가 없었다. 이를 본 하인이 민망히 여기어 근심을 토로하였다.

"그토록 식사를 아니하시면, 앞으로 천리 길을 어떻게 가시려 하나이까?"

"아무리 먹으려 해도 밥이 목구멍으로 넘어가지 않는구나."

길게 탄식할 뿐이었다. 적막한 주막집 방에 좌정(坐定)하고 앉아 있으니 더욱 마음이 산란해졌다. 마치 낭자가 곁에 있는 듯하여 껴안아 보면 허공(虛空)뿐이라 허전하기 이를 데 없고, 낭자의 음성이 들려오는 듯하여 숨을 멈추고 귀를 기울이면 창밖의 소슬한 바람 소리가 공허한 적막감을 더욱 무겁게 해줄 뿐이었다. 밤이 깊어 갈수록 점점 더 잠이 오지 않아 그 허전한 마음에 결국 실신할 것만 같았다. 시간이 흐를수록 낭자 생각이 간절해진 선군은 하인이 잠들기를 기다려 부랴부랴 신발을 둘러메고 날듯이 집에 돌아와, 담을 넘어 아내의 방으로 들어갔다. 잠자리에 누워 있던 낭자가 크게 놀라며 일어나 앉았다.

"이 밤중에 어인 일이오이까? 아침에 떠나신 분이 어느 곳에 계시다가 다시 돌아오셨나요?"

"하루종일 가다가 날이 저물어 주막집에 숙소를 정하고 잠을 청하였으나 낭자 생각만 간절하여 잠을 이룰 수가 없겠기에 도중에 병이 될까 염려하여 한 번 더 낭자를 보고 적막한 심사를 가다듬으려 이렇게 되돌아왔소."

이에 낭자의 고운 손을 이끌어 금침 속으로 끌어들여 밤이 다 하도록 애틋한 정회를 풀었다.

이때 부친 백공이 아들을 서울로 과거 응시차 보내고는 심사가 허전하여 잠을 못 이루다가 도적을 살피려고 청려장(靑藜杖)[1]을 짚고 마당 안을 돌아다니며 문단속을 살피고 동정을 가늠하였다. 그런데 동별당에 이르러 보니 낭자의 방 안에서 갑자기 다정하게 주고받는 말소리가 들리지 않는가? 남편인 아들이 집을 비우고 없는 이 마당에 며느리 방에서 웬 남자의 목소리가 들리다니 백공은 기절초풍을 면하지 못할 지경이었다. 한편으로는 귀를 의심하면서도 한편으로는 해괴한 생각을 금할 수가 없었다.

'며느리 숙영이는 얼음같이 차갑고 옥(玉)같이 맑은 마음과 송죽(松竹)처럼 굳은 절개를 가진 숙녀이거늘, 어찌 외간 남자를 끌어들여 음행(淫行)[2]한 짓을 하랴? 하지만 세상일이란 알 수 없는 것이니 한번 알아봐야겠구나.'

속으로 불길한 생각을 가지며, 가만가만 별당 앞으로 다가가서 귀를 기울이고 방 안에서 들려오는 돗소리를 엿들어 보았다. 그때 숙영이 소리를 낮추어 말하였다.

"시아버님께옵서 문밖에 와 계신 듯하니, 당신은 이불 속에 몸을 깊이 숨기십시오."

잠에서 깨어나는 아이를 달래면서 하는 말이,

"아가 아가 착한 아가, 어서 어서 자려무나. 아빠께서 장원급제(壯元及第)하여 영화롭게 돌아오신다. 우리 아가 착한 아가, 어서 어서 자려무나."

백공은 마침내 크게 의심하였으나 며느리의 방 안을 뒤져서

---

1) 명아줏대로 만든 지팡이.
2) 음란한 짓을 함. 또는 그런 행실.

외간 남자를 적발해 낼 수도 없고 하여 그냥 참고 돌아갔다. 이때 숙영 낭자는 시아버지가 창 밖에서 엿듣는 기척을 재빨리 알았기 때문에 남편을 재촉하여 강경히 충고하였다.

"장부로서 과거 길을 떠나다가 규중처자 하나를 못 잊고 다시 돌아옴은 군자의 도리가 아니오며, 만약 시부모께서 이 사실을 아신다면 저를 요망한 계집이라고 책망하실 터이니 날이 밝기 전에 어서 돌아가소서."

선군은 숙영의 말을 옳게 여기어 다시 옷을 주워 입고 담을 넘어 도망치듯이 주막집으로 달려갔다.

그리운 임을 보고자 오가는 길은 천 리가 지척 같아 걸음도 빨라서, 주막에 돌아오니 아직도 하인이 잠 속에 깊이 빠져 있었다.

날이 밝아 다시 길을 재촉하여 떠났으나 낭자의 모습이 눈앞에 어른거려 도무지 발걸음을 떼어놓을 수가 없었다. 한 걸음 한 걸음 떼어놓는 발길이 마치 천근 무게와 같이 느껴지고 또한 뒷머리를 숙영 낭자가 뒤에서 잡아당기는 것만 같아 하루 종일 겨우 십 리 길을 걷다가 해를 넘기고 말았다. 다시 주막에 숙소를 정하고 달빛이 은은한 객창에 홀로 앉아 심사를 달래려니, 숙영 낭자의 사랑스런 눈길과 붉은 입술을 반개(半開)한 미소의 얼굴이 눈앞에 어른거려 도무지 잠이 올 것 같은 마음을 가라앉히지 못하고 또다시 집으로 달려갔다. 어젯밤과 마찬가지로 또 담장을 넘어 낭자의 방으로 슬머시 들어가니 낭자가 크게 놀라 일어나 앉으며 낭군을 꾸짖었다.

"낭군께서는 어젯밤에 제게 그토록 간곡히 부탁드린 말씀을 잊으셨나이까? 이처럼 저를 애틋하게 생각해 주시는 정의(情

誼)[1]는 고마우나 이런 일로 인하여 천금(千金) 같은 귀체(貴體)[2]가 여행중에 병을 얻으시면 어찌하려 하시나이까? 지금 이 순간부터는 제 생각일랑 딱 잘라 내시고 어서 떠나시어 과거에 늦지 않도록 상경하소서."

 숙영 낭자는 강경한 표정으로 이와 같이 말하였으나 그 목소리가 비가(悲歌)처럼 떨렸고 그녀의 눈망울에는 알알이 이슬이 맺혀 있었다.

 "나인들 어찌 그럴 줄을 모르겠소만, 낭자를 하룻밤만 보지 못하여도 미칠 것 같은 심사(心思)에 잠을 이룰 수가 없으니 어찌하겠소. 과거를 치르지 못하여도 어쩔 수 없는 일이며, 내가 죽는다 해도 좋으니 결코 낭자와 떨어져서 지낼 수는 없소."

 "낭군께서는 정말 딱하신 분이오이다. 정 그러하오시다면 앞으로는 제가 낭군님이 가시는 숙소마다 밤으로 찾아가서 위로하여 드릴 것이오니 걸음을 늦추지 마소서."

 "낭자는 규중의 아녀자로서 걸음도 느릴 터인데 어찌 점점 멀어져 가는 서울길을 밤마다 나를 찾아 왕래할 수가 있겠소?"

 "정말 딱하시구려. 아무튼 그것은 제가 알아서 잘하겠사오니 염려하시지 마시옵고 앞으로 다시는 집으로 걸음을 돌리지 마소서. 이왕 먼 밤길을 오셨으니 빨리 회포나 푸시옵고 날이 밝기 전에 급히 떠나소서."

 숙영 낭자는 그토록 지극히 사랑해 주는 낭군의 정성이 고마워, 머뭇거리는 낭군의 몸을 이끌어 서둘러 금침으로 모시었다. 그리고는 다시 몸을 일으켜 앉아 한 장의 그림을 주었다.

---

1) 사귀어 두터워진 정.
2) 편지 등에서 상대방을 높여 그의 몸을 이르는 말.

"이 화상은 저의 모습 그대로이니, 길을 가시다가 제가 보고 싶어지시면 꺼내어 보시고 심회를 푸사이다. 그리고 만약 이 화상의 빛이 변하거든 제 몸이 불편한 줄로 알아주소서."

눈물을 뿌리며 날이 밝기 전에 어서 선군을 집에서 떠나 보내려고 달래었다.

선군의 부친 백공은 어젯밤의 며느리의 행실이 괘씸하여 울분을 참고 있다가 오늘 밤에도 발소리를 죽이고 동별당으로 가서 창 밑에 서서 귀를 기울이고 엿들었다. 해괴한 일은 어젯밤과 마찬가지로 오늘 밤에도 벌어지고 있었다. 숙영의 음성이 나직이 들리다가 가끔씩 남자의 음성이 알아들을 수 없을 정도로 가느다랗게 흘러 나왔다.

'이런 고얀 일이 있나? 이런 해괴한 일이 우리 집에서 일어나고 있다니 웬 망신인가? 우리 집의 담장이 저렇듯 높고, 상하의 눈이 적지 않은데 어찌 외간 남자가 남편 없는 틈을 타서 밤마다 드나들까? 이는 필시 두 연놈이 짜고 밤으로 통정(通情)을 하는 게 틀림없다. 저 아이가 내 집 며느리가 되어 부모에게 효성이 지극하고 제 남편에게도 유달리 다정하였는데, 이처럼 간통(姦通)의 흉죄(凶罪)를 범하다니 실로 사람의 마음의 옥석(玉石)은 가리기 어렵구나.'

의심이 점점 짙어졌다. 백공은 그 날부터 이 일을 어떻게 하면 흉한 소문이 나지 않고 처리할 수 있을까 하고 고민하기 시작하였다. 그러다가 결국은 부인을 불러서 자초지종을 말하고는,

"아직 그 외간 남자가 누구인지는 알지 못하나, 만일에 이런 불미(不美)한 일이 밖으로 새어나가면 양반의 집에서 체통이

어떻게 되겠소? 이 일을 장차 어찌하면 좋을꼬?"

"그런 일이 있을 리가 있겠소? 그것은 아마 영감이 잘못 들으신 것일 게요. 우리 숙영이가 어떤 며느리인데 공연한 누명을 씌우시려 하시오? 그토록 의심이 되시오면 내막을 더 자세히 알아보사이다."

"나 역시 믿고 싶지 않으나, 내 귀로 이틀 밤이나 들었기에, 며느리를 불러 나무랄까 하면서도 괜한 누명을 씌워 시아비의 체면을 잃을까 두려워하여 주저하고 있었으나, 아무래도 오늘은 며느리를 불러 엄히 물어봐야겠소."

백공은 이미 마음을 굳힌 것 같았다.

"그러시다면 같은 말을 물으시더라도, 의심을 보이는 질문은 하시지 마시고 넌지시 떠보시도록 조심하시구려."

부인은 앞일을 걱정하여 남편에게 조심하도록 당부하였다. 이리하여 시부모는 시티(侍婢)[1]를 시켜 숙영 낭자를 시부모의 처소로 불러들였다.

"춘앵의 아비가 서울로 떠난 뒤에 집안이 하도 적적하기로 내가 마당을 두로 돌아다니다가 네 방 가까이 갔을 때, 방 안에서 웬 남자의 목소리가 들린 듯하기로, 이상히 여기고 돌아와서 곰곰이 생각하여 본즉 설마 그럴 리가 있겠느냐고 내 귀를 의심하였느니라. 그런데 어젯밤에도 역시 네 방에서 남자의 목소리가 들리니 도대체 어떻게 된 일이냐? 너를 차마 의심하는 것은 심히 마음이 괴로우나, 여하간 사실대로 말해 다오."

숙영이 크게 놀라 안석이 변하였으나 이내 곧 마음을 가라앉

---

1) 곁에서 시중드는 여자 종.

히고 태연하게 말하였다.

"밤이 되면 늘 잠을 설치는 춘앵이와 동춘이 남매를 데리고 매월이와 얘기를 나누며 지내었사오나, 외간 남자가 어찌 제 방에 와서 이야기를 하겠나이까? 저로서는 정말 천만뜻밖의 말씀이옵니다."

백공은 더 이상 물을 수가 없어서 며느리를 돌려보내고, 시녀 매월을 불러 엄하게 문초(問招)[1]하였다.

"너는 어제 그제 이틀 밤에 아씨 방에서 시중을 들었느냐?"

"소녀의 몸이 약간 불편하여 이틀 동안은 밤중에 가 뵙지 못하였사옵니다."

매월의 대답을 듣고 보니 백공의 마음은 더욱더 의심이 짙어졌다.

"그게 사실이렷다? 요즈음 해괴한 일이 있어서 아씨에게 물은즉 밤으로는 너와 함께 자고 있었다 하거늘 너는 또한 아씨 방에 간 적이 없다 하니, 말이 서로 맞지 않으니 아씨가 외간 남자와 정을 통한 게 분명하다. 너는 앞으로 아씨의 동정을 비밀리에 잘 엿보아 아씨 방에 드나드는 놈을 붙잡아 대령하라. 만약 이 말이 아씨에게 누설(漏泄)된다면 너는 살지 못하리라."

비밀리에 엄명(嚴命)을 내렸다. 매월은 목숨이 아까워서 밤낮으로 아씨 방을 지켰으나, 외간 남자는 씨도 보이지 아니하니, 없는 도적을 어떻게 잡을 수가 있겠는가? 백공의 엄명은 괜히 매월로 하여금 간계(奸計)를 꾸미게 하는 기회를 만들어 주었다. 매월은 늘 숙영 낭자에 대하여 심한 질투를 느끼고 있

---

1) 죄인을 신문함을 이름.

었다. 숙영 낭자가 선군을 만나 이 집에 정식 부인으로 오기 전까지만 해도, 꿈속의 숙영을 잊지 못하여 괴로워하는 선군의 정회를 풀기 위하여 임시 종첩2)으로 사랑하였으나, 숙영 낭자가 정식 부인으로 들어온 다음부터는 종첩 신세에서 하락되어 단순한 시비(侍婢)로서 소박(疏薄)3)을 당한 몸이 된 것이다. 이렇게 쌓인 몇 년 동안의 질투를 풀 수 있는 절호의 기회가 매월에게 주어진 것이다. 바야흐로 서방님이 없는 이 기회에 영감 마님이 숙영 낭자의 부정한 행실을 의심하였으니, 바로 이 때를 이용한다면 숙영 낭자를 간통죄로 몰아 없애 버릴 수가 있지 않겠는가? 매월은 독한 마음을 먹고 그 동안 마음속에 쌓아 온 질투의 성을 허물기로 결심하였다.

인생에 있어서 기회란 늘 그리 흔하지 않은 법. 매월은 이 기회를 이용하여 숙영 낭자를 없애어 버림으로써 그 동안 뼛속 깊이 사무친 질투의 원한을 풀고자 하였다. 아씨 몰래 수천 냥의 돈을 훔쳐내어 무뢰배4) 한 명을 매수하였다.
"네가 만약 내 말대로 해준다면 돈 수천 냥을 주마."
이리하여 불량배 한 명이 팔을 걷고 쑥 나서서,
"내가 무엇이든지 해 내겠다."
그자는 이름을 도리라고 하는 힘이 세고 언변이 좋은 무뢰한이었다. 매월은 도리를 조용한 곳으로 끌고 가서 다음과 같이 말하였다.

---

2) 종으로 부리던 여자를 올려 옛혀서 된 첩.
3) 아내를 박대하거나 내쫓음.
4) 무뢰한, 또는 그 무리.

"내가 너에게 부탁하고자 하는 것은 다른 것이 아니라, 이 댁의 선군 서방님께서 나를 소첩으로 삼아 예전에는 끔찍이 사랑하시더니 숙영 낭자를 본실로 맞아들인 후로는 팔 년이 넘도록 한 번도 가까이 하지 않고 종년으로만 부려먹으니, 내 마음이 어찌 절통(切痛)하지 않겠느냐? 그러므로 숙영 낭자를 모함하여 이 댁에서 몰아내어 분함을 풀고자 하니, 너는 내가 하라는 대로 착오 없이 해야 한다?"

"누구 부탁인데 소홀히 해? 더욱이나 돈까지 많이 준다는데 무슨 일인들 하지 못하랴? 죽기 아니면 살기로 해 낼 테니 염려 푹 놔라."

도리가 이렇게 거듭 다짐하니, 매월은 그날 밤에 동별당으로 통하는 뒷문을 열어 주면서 귓속말로 말하기를,

"여기서 기다리고 있거라. 내가 영감 처소(處所)에 가서 적당히 둘러대면 영감이 격분하여 뛰쳐나올 것인즉, 그때 너는 영감이 볼 수 있도록 낭자의 방에서 나오는 척하고 그 뒷문을 열고 도망하되 부디 실수하지 말라."

"그건 염려일랑 말고 어서 행동이나 개시하라."

"그럼 잘 부탁하네."

하고 매월은 곧장 영감 처소로 달려가서 여쭈기를,

"영감님의 분부를 받자와 밤마다 잠을 자지 아니하고 동별당을 지켰사온즉 오늘 밤에 과연 어떤 놈이 아씨 방으로 몰래 들어가서 해괴한 희롱을 하고 있기에 서둘러 고하옵나이다. 제가 어떤 놈이 들어온 줄을 알고는 창문 뒤로 가서 아씨 방 안의 거동을 엿들은즉 끔찍한 흉계를 꾸미고 있어 놀랐나이다. 아씨가 그놈에게 이르는 말이 서방님은 벌써 부모님의 영을 거역하지

못해 과거를 보러 갔지만 틀림없이 낙방거사가 되어 돌아올 것 인즉 죽여 버리고 재물을 훔쳐서 같이 도망가서 살자고 수작하지 않겠습니까? 어쩌면 그렇게도 현부인의 탈을 쓰고 오신 아씨가 그토록 변심을 하였는지 알다가도 모를 일이옵니다. 하오나 영감마님께서 현명하옵신 까닭에 그런 징조를 미리 아시고 저에게 증거를 잡으라고 분부하셔서 천만다행이옵니다. 아씨 방에 든 저 놈을 그냥 두었다가는 서방님께서 어떤 변을 당하실지 모르겠사오니 어서 바삐 영감마님께서 처리하시옵소서."

백공은 매월의 말을 곧이듣고는 분기(憤氣)가 대승하여 칼을 빼 들고 별당으로 달려갔다. 그러자 낭자의 방에서 나온 듯한 괴한의 그림자가 놀란 토끼마냥 뛰어나와서 높은 담장을 뛰어넘어 도망치는 것이 아닌가? 백공은 괴한의 뒤를 쫓았으나 비호같이 빠른 괴한의 뒤를 따를 수가 없었다. 억울하게 놓쳐 보내고 나서 다시 처소로 돌아와서 분기를 억누르지 못하고 비복들을 불러 세워 놓고 엄히 문초하였다.

"우리 집에 문단속이 엄하여 바깥 사람이 감히 출입할 수 없거늘 낭자 방에 밤으로 수상한 놈이 자유로 드나드니, 부끄러운 추궁이지만 아무래도 너희들 중에서 어떤 놈이 감히 낭자와 서로 통하는 것이 아니냐? 사실대로 자백한다면 목숨만은 살려 주겠거니와 만일 숨기려고 한다면 끝내 죽음을 면하지 못하리라. 그러니 그리 알고 지금 당장 자백하라!"

그러나 비복(婢僕)[1]들이 무슨 죄가 있으리오. 천만 뜻밖의 호통에 그만 어리둥절할 뿐 모두가 다 꿀 먹은 벙어리처럼 묵

---

1) 계집종과 사내종.

묵부답일 뿐이었다.
"너희들은 냉큼 가서 낭자를 이리 잡아 오너라."
영감의 불호령이 추상 같은지라, 매월이년이 맨 먼저 신나게 뛰어가서 동별당의 낭자의 방문을 활짝 열어젖뜨리며 큰 소리로 말하였다.
"낭자는 무슨 잠을 그리 태평하게 자고 있소이까? 영감마님께서 낭자를 당장 잡아 오랍시니 어서 가 보시오!"
숙영은 깜짝 놀라 일어나며,
"이 깊은 밤중에 집안이 어인 일로 이리 소란스러우냐?"
하고 방문을 열고 내다본즉, 달려온 비복들이 뜰에 가득 대기하고 있었다.
"너희들은 무슨 일이냐?"
그러자 노복 중 한 명이 앞으로 쑥 나서면서 퉁명스럽게 쏘아댔다.
"아씨께서는 도대체 어떤 놈과 간통하는 거요? 아씨 때문에 죄 없는 우리들만 경을 치잖소? 우리들 더 이상 경 치게 하지 마시고 어서 가서 바른 대로 자백하시오."
하고는, 상전 대접은 간 곳 없이 구박이 자못 심하였다. 뜻밖에 종놈으로부터 모욕을 당한 숙영 낭자는 넋이 빠진 듯 간담이 서늘해졌다. 어이없어하는 낭자에게 비복들이 달려들어 어서 가라고 재촉이 성화 같았다. 낭자는 옷맵시를 가다듬고 시부모 앞에 나아가 땅에 엎드리며 떨리는 음성으로 물었다.
"제가 무슨 죄를 지었기에 밤중에 이런 꾸중으로 부르시옵나이까?"
"해괴한 일이 잦아 너에게 묻노라. 선군이 경성으로 떠난 다음 적막하여 매월과 더불어 밤에 이야기하며 함께 잤다 하기에 내 반신반의로 매월에게 물어 보니 그 동안 네 방에서는 한 번도 잔 적이 없다 하니 어인 일이냐? 그 동안 증거를 잡지 못하여 아무 소리 못하고 있었다만, 이제 어떤 놈과 사통하고 밤으로 네 방에 드나들며 해괴망측한 행동을 한 사실이 분명히 들어났거늘, 그래도 네가 뻔뻔스럽게 시치미를 뗄 작정이냐?"

너무나 기가 막혀서 숙영 낭자는 울면서 변명을 하였다.

"아버님께옵서는 어찌 그런 무언(誣言)을 곧이듣고 노비들에게까지 이런 봉변을 보게 하시나이까?"

숙영 낭자가 억울함을 이기지 못하여 흐느껴 울자, 백공은 크게 노하여 큰 소리로 꾸짖었다.

"무엄하구나, 닥쳐라. 내 두 귀로 직접 듣고, 또 내 두 눈으로 똑똑히 보았거늘, 네가 끝내 속이려 들다니, 너는 죄를 더욱 무겁게 만들려고 하느냐? 양반의 집안에 이런 해괴한 일이 있음은 참으로 망측한 변괴다. 너와 상통한 놈의 이름을 대라!"

시아버지의 호령이 늦가을 서리만큼이나 차갑고 매서웠다. 그러나 죄가 없는 숙영 낭자는 안색이 조금도 변하지 않고 구김이 없는 목소리로 말하였다.

"아무리 시부모님의 간택으로 육례를 치루지 못한 며느리라고는 하나 어이하여 그다지도 끔찍한 말씀을 하시나이까? 이처럼 억울한 일을 맞이하여 제가 누명을 벗기 위해 변명하는 것도 삼가 부끄러운 노릇이오나, 아버님께서도 상세히 조사해 보시옵소서. 제 몸이 지금은 비록 인간으로 되어 있다 하오나 빙옥(氷玉) 같은 굳은 정절로 살아오다가 어이 이런 더러운 말씀을 들을 수 있사오리까? 억만 번을 죽는다 하여도 사실에 없는 일을 어찌 여쭈오리까?"

　백공은 더욱 노기가 충천하여 비복에게 명하여 낭자를 결박하라 하니, 비복들이 일시에 내달아 몸을 묶고 머리를 풀어헤치게 하여 마당에 꿇어앉혔다.

　단정하고 우아하여 인간의 경지를 넘어선 기품을 늘 가지고 있던 낭자가 졸지에 더러운 죄인으로 몰려 학대를 받는 광경은 차마 눈 뜨고 볼 수 없는 참상이었다.

　"네 죄는 만 번 죽어도 아깝지 않으니, 어서 빨리 너와 간통한 놈을 대라."

　숙영 낭자는 대답 대신 흐느껴 울기만 하였다. 백공은 비복을 시켜 이실직고할 때까지 매질을 하라고 호령하였다. 사정을 두지 않고 마구 치는 비복들의 매 밑에서 숙영 낭자의 백옥 같은 귀 밑에는 핏방울 같은 눈물이 하염없이 흘러내리고, 눈같이 흰 살결은 핏물이 배어 붉은 색으로 변하였다. 낭자는 정신이 혼미한 가운데서도 고통을 참고 이를 악물며 말하였다.

　"지난번에 낭군께서 길을 떠난 날 밤과 그 이튿날 밤 두 번을, 삼십 리쯤 가다가 숙소를 정하였으나 저를 잊지 못하고 밤중에 집으로 몰래 돌아왔삽기에 제가 한사코 타일러서 다시 돌려보낸 일은 있었사옵니다. 그때는 어린 제 소견으로 시부모님께 꾸중을 들을까 봐 겁을 내어 지금까지 고하지 않고 있었을 뿐이옵니다. 하오나 조물주가 그것을 밉게 여기시고 귀신이 그것을 시기하여 이런 씻지 못할 누명을 입은 듯하옵니다. 이제 와서는 늦은 변명같이 되었사오나, 밝은 하늘이 낱낱이 살펴 아시오니 아버님께옵서는 그러한 사실을 밝히시어 저의 정상을 다시 헤아려 주시옵소서."

그러나 한 번 눈과 귀로 확인한 의심인지라, 백공은 점점 더 노하여 비복에게 더욱 심한 매질을 가하도록 호령하였다. 낭자는 참을 수 없는 매 밑에서 하늘을 우러러 호소하였다.

"아아, 푸른 하늘은 무고한 이내 몸을 굽어살피소서. 오월에 서리가 나리고 십 년을 원망해야 할 이 원한을 어느 누가 풀어 주오리이까?"

엎어져서 혼절하고 말았다. 이 참상을 보다 못한 시어머니가 울면서 영감에게 말하였다.

"옛말에 이르기를, 한번 엎지른 물은 다시 그릇에 담을 수 없다 하였사오니, 영감께서 사실도 잘 모르시면서 티 없는 굳은 정절을 가진 며느리를 억울하게 음행의 죄를 씌워 다스리시니, 만약 며느리의 무죄함이 밝혀졌을 때 무슨 면목으로 현부(賢婦)를 대하려 하시나이까?"

뜰 아래로 뛰어 내려가 낭자를 부여안고 목을 놓아 울었다.

"너의 백옥같이 티 없는 굳은 절개는 내가 잘 알고 있다. 오늘 이런 변은 꿈에도 생각하지 못할 일이니 그 아니 원통하겠느냐?"

낭자가 절박한 목소리로 말하였다.

"옛말에도 다른 소문과는 달리 음행의 소문을 씻기는 어렵다 하였사온즉, 동해 바닷물을 모두 기울인다 한들 이 누명을 씻으오리까? 이런 씻지 못할 누명을 쓰고 어찌 구차히 살기를 바라오리까?"

시어머니는 낭자를 가엾게 여기고 갖은 말로 무수히 위로하였다. 그러나 낭자는 듣지 않고 바른 손에 옥비녀를 빼어 들고 하늘을 우러러 절을 한 다음 빌었다.

"밝고 밝은 저 황천(皇天)은 부디 굽어살피소서. 제가 만일 외간 남자와 정을 통한 사실이 있거든 이 옥비녀가 제 가슴팍에 꽂히고, 이것이 억울한 누명이거든 이 옥비녀가 저 섬돌에 박히도록 영험(靈驗)을 베풀어주옵소서."

이에 옥비녀를 허공으로 높이 던지고는 땅에 엎드렸다. 그러자 잠시 후에 옥비녀가 떨어지면서 섬돌에 깊이 박히었다. 하늘이 심판한 이 놀라운 기적을 본 백공은 비로소 크게 놀라 창백한 얼굴이 되어 신기하게 여기며 낭자의 무죄(無罪)함을 깨달았다. 그리고는 자기도 모르게 버선발로 마당으로 내려가 낭자의 손을 잡고 빌었다.

"이 못난 늙은 것이 망령이 들어 착한 며느리를 모르고 네 절개를 의심하여 이처럼 과오를 범하였으니 내 잘못은 만 번 죽어도 싸도다. 너는 나의 잘못을 용서하고, 모든 일을 안심하도록 하라."

그러나 낭자가 통곡하면서 말하기를,

"이런 흉측한 누명을 쓰고 어찌 차마 세상을 살으오리이까? 차라리 죽어서 아황여영(娥皇女英)[1]의 혼백을 쫓으려 하옵니다."

이에 삶의 의욕을 전혀 비치지 아니하였다. 백공은 더욱 놀라 백방으로 며느리를 위로하였다.

"자고로 군자도 더러 참소(讒訴)[2]를 당하며, 현부 열녀(賢婦烈女)도 더러 누명을 쓰는 법이다. 이것도 또한 일시의 운액(運

---

1) 중국 태고 때의 성제(聖帝) 요(堯)의 딸. 순(舜)에게 시집가고 순이 죽은 뒤에 상강에 빠져 죽었다고 전함.
2) 남을 헐뜯어서 없는 죄를 있는 듯이 꾸며 고해 바치는 일.

厄)이라 생각하고 이 늙은 것의 망령된 언동(言動)을 용서하여 다오."

시어머니도 낭자를 부축하여 동별당으로 데리고 가서 입이 닳도록 위로하였다. 하지만 낭자는 눈물을 흘리며 죽기를 작정하고 탄식하여 가로되,

"저 같은 계집도 악명(惡名)이 세상에 퍼져 부끄러운지라, 가군(家君)께서 돌아오시면 어찌 서로 낯을 대하리요? 오직 죽어서 세상사를 잊고자 하오니 말리지 마옵소서."

목놓아 흐느끼니, 진주 같은 눈물이 옷깃을 흥건히 적시었다. 시어머니는 그 처절한 정상을 보고는,

"네가 만일 죽는다면 선군 또한 너를 따라 죽을 것이니, 이런 답답하고 절통한 일이 어디 있으랴?"

하고 통곡을 멈추지 못하면서 처소로 돌아갔다. 낭자가 슬퍼하는 것을 보고 딸 춘앵이 말하였다.

"어머니, 아직은 죽지 마시고, 아버지가 돌아오시거든 억울한 사정이나 말씀드리고 죽든 살든 마음대로 하세요. 이제 만약 어머니가 세상을 떠나시면 동생 동춘이는 어떻게 하오며, 나는 누굴 믿고 살아야 하나요?"

어머니의 손을 잡고는 방 안으로 끌어들였다. 숙영은 마지못해 딸에게 끌려 방으로 들어갔다. 그리고는 춘앵을 옆에 앉히고, 동춘에게 젖을 먹인 다음, 하얀 비단옷을 꺼내어 입었다.

"춘앵아, 부디 건강하게 잘 자라거라. 이 어미는 결국 죽어야 할 몸이다."

이러고는 자결할 것을 결심하였다.

숙영 낭자는 슬픔을 가누지 못하면서 딸 춘앵에게 일렀다.

"나는 이제 죽거니와, 네 아버지가 천 리 밖에 있어서 내가 죽는 줄도 모르실 테니, 마지막 죽어 가는 마음조차도 의지할 곳이 없구나. 나의 사랑하는 딸 춘앵아, 이 백학선(白鶴扇)은 천하에 다시없는 기보(奇寶)란다. 이 어미가 죽기 전에 너에게 남겨 주는 것이니 잘 간수하도록 하여라. 이 백학선은 추울 때 부치면 더운 기운이 나고 더울 때 부치면 서늘한 기운이 나오는 신기한 보배이니, 잘 가지고 있다가 동춘이가 자라거든 전해 주어라. 아아, 슬프구나. 기쁨의 뒤에는 슬픔이 있고, 괴로움이 다하면 즐거움이 오는 것은 세상의 이치라고 하지만 이 어미의 팔자가 기구(崎嶇)하여 이렇듯 억울한 누명을 쓰고, 너의 부친을 다시 못 보고 황천(皇天)의 원혼이 되니, 나인들 어찌 편히 눈을 감을 수 있겠느냐? 가련하구나, 춘앵아. 내가 죽더라도 너무 슬퍼 말고, 네 동생 동춘이를 잘 보살피거라."

유언 삼아 탄식 삼아 구구절절이 눈물을 뿌리던 숙영 낭자는 그만 혼절하고 말았다. 아직 나이 어린 춘앵은 그의 어미를 부여안고는 흐느껴 울었다.

"어머니, 정신 차려요. 이게 웬일이세요, 어머니?"

춘앵은 통곡을 하다가 기진하여 그만 기절한 어머니를 안은 채 잠이 들어 버렸다. 얼마나 시간이 흐른 후 숙영 낭자가 정신을 차려 일어나 보니, 어린 춘앵이가 울다가 지쳐서 잠이 들어 있었다. 그 모양을 바라보고 있노라니 그 어린것이 너무나 가엾고, 또한 억울한 누명을 쓴 것이 너무나도 분한 마음이 들어 가슴이 미어질 것만 같았다. 하지만 역시 억울한 누명을 씻기 위해서는 죽는 길밖에 별 도리가 없다고 생각하였다. 잠이 든 딸이 깨어나면 죽기가 어려우므로 딸이 깨지 않도록 가만히 쓰다듬으면서 한탄하였다.

"불쌍한 춘앵아, 내가 너희 남매를 두고 어찌 마음 편히 갈 수 있으랴? 내가 죽은 후에 너희는 이 어미가 그리워 어찌 살겠느냐? 아아, 너희들을 두고 어찌 가랴?"

눈물을 훔치면서 은침을 깔고 그 위에 단정히 앉아 백옥 같은 손을 들어 비수(匕首)[1]를 잡고 가슴을 힘껏 찌르니 으윽고 숙영 낭자는 엎디어지면서 이 세상을 떠나고 말았다. 그 순간 천지가 더욱 어두워지면서 천둥소리가 하늘과 땅을 진동하였다. 춘앵이 깜짝 놀라 잠을 깨어 보니 어머니가 가슴에 칼을 꽂고 유혈이 낭자한 채 금침 위에 엎디어져 있었다. 소스라쳐 놀라면서 떨리는 손으로 어머니의 가슴에 꽂힌 비수를 잡아 빼려고 하였으나 빠지지를 않았다. 춘앵은 어머니의 얼굴에 낯을 비비면서 하늘과 땅을 원망하며 대성통곡(大聲痛哭)하였다.

"아이고, 어머니, 이게 웬일이세요? 하늘도 무심하세요. 우리 남매를 두고 어머니께서는 어디로 가시나이까? 우리 남매는 장차 누구를 의지하고 살란 말인가요? 어린 동생 동춘이가 어머니를 찾으면 무슨 말로 달래야 하나요? 어머니, 왜 그런 짓을 하셨나요?"

간장이 끊어지는 듯 망극 애통해 하는 어린 춘앵의 정상이야말로 차마 목석(木石)이라 한들 어찌 눈을 뜨고 볼 수 있으랴?

백공 부부와 노복들이 놀라서 뛰쳐나와 보니, 낭자가 가슴에 비수를 꽂고 죽어 있으므로 칼을 잡아 빼려고 하였으나 끝내 빠지지 않았다. 이때 어린 동춘이 잠에서 깨어 어미가 죽은 줄

---

[1] 날이 썩 날카롭고 짧은 칼.

도 모르고 젖을 먹으려고 죽은 어미의 가슴을 끌어안고 울기 시작하였다. 춘앵이 동생을 달래며 밥을 주어도 먹지 않고 동춘은 계속 울기만 하였다.

"가여운 내 동생 동춘아! 우리 남매도 차라리 어미를 따라 지하로 가자."

춘앵은 동생을 끌어안고 통곡하니, 그 정상은 참으로 눈뜨고 보기 어려운 참상이 아닐 수 없었다. 며칠이 지난 후에 백공 부부는,

"며느리가 이토록 참혹하게 죽었으니, 선군이 과거를 치르고 돌아오면 가슴에 칼 꽂힌 것을 보고 우리가 모함하여 죽인 줄 알고 저 또한 죽으려 할 것인즉, 선군이 오기 전에 한시바삐 낭자의 시체를 장사지내도록 합시다."

이러고는 숙영의 방으로 가서 시체를 움직이려고 하였다. 그러나 기괴한지고, 시체가 조금도 움직여지질 않지 않는가? 이상하게 생각하여 여러 사람이 힘을 모아 움직여 보려고 무수히 애썼지만 시체는 그 자리에서 꼼짝달싹도 하지 않았다. 백공은 속으로, '이것은 필시 하늘의 뜻이라.' 하고 초조하게 괴로워할 뿐이었다.

한편, 선군은 아내에 대한 그리운 생각을 한시도 잊지 못하고, 서울로 향하는 발걸음을 떼지 못하다가 숙영의 충고로 겨우 마음을 달래었다. 가까스로 상경한 선군은 여관을 잡아 숙소를 정하고 과거 날이 되기를 기다렸다. 그날이 되자 팔도 각처에서 모여든 선비들이 과거장을 향해 구름처럼 몰려가고 있었다. 선군도 시지(試紙)를 옆구리에 끼고 춘당대로 갔다. 현제판(懸題板)의 글제를 보고는 단숨에 글을 지어 맨 먼저 올렸다.

많은 선비들이 글을 지어 바치자, 상감께서 시관(試官)들과 더불어 여러 문장을 뽑아 검토하다가 선군의 글을 보시고는 무수히 칭찬하시면서 장원으로 뽑은 후에 성명의 비봉을 떼어 보니 경상도 안동에 사는 백선군이었다. 상감은 선군을 불러 칭찬하시고 곧장 승정원 주서의 벼슬을 내리셨다.

선군은 장원급제에 벼슬을 제수받은 사실을 시골에 기별하기 위해 편지를 써서 하인에게 주어 보내었다. 하인이 편지를 가지고 여러 날 만에 시골에 다다라 선군의 부친과 숙영 낭자에게 각각 전하여 올렸다. 백공이 황급히 편지를 뜯어보니,

'소자 하늘이 도우셔서 과거에 장원 급제하고 승정원 주서를 제수받아 방금 입작(入爵)하였사오니, 감축무지하옵나이다. 하향(下鄕)하여 뵈올 날짜는 이 달 보름께나 될 것이오니 그리 아시옵소서.'

이런 반가운 기별이었다. 그리고 이미 받아 볼 주인공이 없는 죽은 낭자에게 온 편지를 시어머니가 받아 들고 크게 소리 내어 울면서 손녀 딸 춘앵에게 주었다.

"에그, 가여운 춘앵아! 동춘아! 이 편지는 너희 아비가 너희 어미에게 보낸 것이니 잘 간수하거라."

춘앵이 편지를 들고 어머니의 빈소(殯所)로 가서, 아직 그대로 모셔 둔 어머니의 시체를 흔들면서 편지를 펴 들고 통곡하였다.

"어머니, 어서 일어나세요! 아버님께서 장원급제하시고, 어머님께 이렇게 편지를 보내셨어요. 모두가 기뻐하는데 왜 어머니께서만 기뻐하시지 않으시나요? 어머니께서 그 동안 아버님 소식 알지 못하여 매양 걱정하시더니, 오늘 이 기쁜 편지가 왔

는데도 어이 아무 말씀 없으시나요? 나는 아직 글을 몰라 어머니 혼령 전에 글을 읽어 드리지도 못하오니 답답할 뿐이옵니다. 어머님, 아이고, 어머님!"

한참을 울던 춘앵은, 할머니에게로 가서 그 손을 끌어 잡고 어머니의 빈소로 와서 말하였다.

"할머니, 어머니의 혼령 앞에서 이 편지를 읽어 주시면 어머니께서 감동하실 것입니다."

할머니가 어린 손녀의 말에 눈물을 훔치면서 아들이 며느리에게 보낸 편지를 소리내어 읽기 시작하였다.

'이제 백선군은 한 장의 편지를 낭자에게 부치나니, 그 동안 두 분 부모님 모시고 편안히 잘 있으며 어린 춘앵과 동춘이도 아무 탈 없이 잘 있는지요? 나는 다행히 장원급제하여 입신양명하였으니, 천은(天恩)이 망극할 뿐이오. 다만 낭자와 헤어져 천 리 밖에 있으므로 사모하는 마음이 더욱 간절하구려. 낭자의 모습이 밤낮 눈앞을 떠날 날이 없고 낭자의 목소리가 또한 귓가에 은은하다오. 달빛이 사방에 가득하고 두견새가 슬픈 소리로 울며 밤을 재촉할 때 홀로 서서 고향 하늘 바라보니 구름에 싸인 산은 더없이 무거워 보이고 푸른 물줄기는 천 리 밖으로 흐르더이다. 새벽녘 달이 기울고 찬바람이 외기러기 울음을 실어 적막함을 더해 줄 때 반가운 낭자의 소식을 기다렸더니, 빈 허공에 푸른 하늘 소슬한 바람 소리뿐 낭자의 소식은 오지 않는구려. 객지에서 홀로 지내며 낭자 사모하는 심사가 더욱 간절해지오. 나는 오로지 잘 있거니와 한 가지 슬픈 것은 낭자가 준 낭자의 화상이 날이 더할수록 요즘 색이 변해 가니 필시 낭자에게 무슨 변이 있는 것만 같아 불안한 생각에 침식을 제

대로 갖추지 못하겠소. 기쁨이 다하면 슬픔이 오는 것, 이러한 일상사는 고금에 자주 있는 것이라, 낭자에 대한 궁금한 마음에 어서 빨리 시골로 내려가고픈 생각이 간절하오만, 조정에 매인 몸이라 뜻대로 할 수 없으니 심히 안타까울 뿐이오. 낭자에게 달려가고픈 심정이 이토록 간절하지만, 탄식한들 무슨 소용이 있으리오? 내 바라건대 낭자께서는 부디 독수공방(獨守空房)[1]을 서러워하지 말고 기다려 주면 머지않아 서로 만나 그동안 쌓인 정회를 풀 수 있으리이다. 새가 되어 창공을 훨훨 날아 금방이라도 낭자 곁으로 가고 싶은 마음 절박하나, 내 몸에 날개가 없는 것이 다만 한스러울 뿐이오. 하고 싶은 말은 천 날을 지새워도 못다 할 것이로되, 이만 붓을 놓겠소. 그럼 부디 평안하게 잘 있으시구려.'

할머니가 편지를 다 읽고서 손주딸 춘앵을 쓰다듬으며 애걸복통하였다.

"슬프구나, 어린 네가 어미를 잃고 얼마나 애통하랴? 야속하게 죽은 네 어미의 영혼이라도 너를 차마 잊지는 못하리라."

"어머니, 불쌍한 우리 어머니, 아버님 편지 사연 들으시고도 어찌 아무 말씀 안 하시나요? 우리 남매는 어머니 없이는 촌각(寸刻)인들 살 수 없으니 어서 빨리 어머니 계신 곳으로 데려가 주세요."

자지러질 듯이 복통하는 춘앵이의 모습은 그야말로 가련하기 이를 데 없었다.

백공 부부는 머지않아 아들이 돌아올 것을 생각하니 기쁘기

---

[1] 여자가 남편 없이 혼자 밤을 지냄.

도 하고 한편으로는 겁도 났다.

"며칠 후에 선군이 내려오면 분명히 죽은 낭자를 생각하고 저도 따라 죽으려고 할 것이니 이 일을 도대체 어찌하면 좋을꼬?"

밤낮으로 탄식한들 한번 엎지른 물을 다시 그릇에 담을 수 있으랴? 무죄한 며느리를 모해하여 스스로 자결하게 한 것을 생각하면 도무지 침식에 마음이 가지 않았다. 이때 선군을 모시고 있다가 돌아온 노복(奴僕)[1]이 백공 부부가 근심하는 것을 알고는 공손히 조아려 아뢰되,

"지난번에 소상공(小相公)이 경성으로 가시는 길에, 풍산 땅에 이르러 보니, 온갖 꽃 만발하여 봄빛이 영롱할 제 어떤 한 미인이 백학과 더불어 춤을 추고 있었더이다. 동리 사람들에게 물어 본즉 임 진사 댁 규수라 하였사온데, 소상공께서 그 미인을 한 번 보시고는 흠모하여 잠시 떠나지 못하시었습니다. 그러하오니 소인의 생각으로는 그 규수를 찾아 성혼하신다면 소상공이 기뻐하시고 필히 숙영 낭자를 잊으시리라 믿사옵니다."

그러자 백공이 크게 기뻐하였다.

"네 말이 옳은지고. 임 진사는 나와 친교가 있는 분이니 내 말을 허투루 듣지는 않을 게고, 또한 선군이 이미 입신양명하였으니 그 댁에 구혼(求婚)한들 괄시하지는 않으리라."

이로써 백공은 차비를 차려 임 진사 집을 방문하기 위해 길을 떠났다.

백공이 임 진사 집을 방문하니 임 진사가 반가이 맞아들였

---

[1] 사내종.

다. 서로 인사를 하고 좌정한 후에, 임 진사는 백공의 아들 선군이 용문(龍門)에 오른 경사를 치하하고, 주찬(酒饌)을 극진히 차려 백공을 편히 모시었다.

"이처럼 누추한 곳에 백 형이 친히 찾아 주시니 감사하여이다."

"임형께옵서는 그런 말씀 삼가하시오. 친구끼리의 심방은 예사이거늘 임 진사 댁을 누추한 곳이라뇨? 그런 말씀을 듣고 보니 도리어 서운하오이다."

서로 정답게 웃으면서 술을 주거니 받거니, 환담을 하던서 즐거운 시간을 보내었다. 그러다가 술이 서너 순배 돌았을 때 백공이 주인인 임 진사에게 넌지시 물었다.

"그러한데 내가 긴히 부탁할 말이 있는데 임형께서는 들어 주시겠소?"

"허허, 그야 들을 만한 것이라면 들어야지요."

"다른 일이 아니오라, 자식 선군이 숙영 낭자와 인연을 맺어 금실이 좋기로 자식 남매를 낳아 잘살았는데, 선군이 과거를 보러 상경한 사이에 그만 낭자가 갑자기 병을 얻어 세상을 떠났지 뭡니까? 불쌍한 생각은 가이없으나, 선군이 돌아와서 낭자가 죽은 줄을 알면 필경 병이 날 것인즉, 급히 규수를 널리 구하는 중이랍니다. 그러던 중 듣자 하니 임형 덕에 어진 규수가 있다 하여 자식놈의 몸이 이미 때묻음을 생각하지 못하고 감히 귀댁에 구혼하는 바이니, 모름지기 임형께서 이 간곡한 부탁을 물리치지 않기를 삼가 바라오."

백공의 말을 듣고 임 진사는 한참을 생각하다가 입을 열었다.

"내게는 천한 딸자식이 있으나, 영식의 짝으로서는 부족하기 이를 데 없고, 또한 지난 해 칠월 보름날에 우연히 영식과 숙영 낭자를 보았는데, 낭자의 모습이 마치 월궁 선녀(月宮仙女)처럼 아름다운 숙녀였습니다. 그러니 비록 내가 백형의 뜻을 좇아 청혼을 허락한다 하더라도 영식(슈息)[1]의 마음에 차지 않을 것이요, 그때에는 여식의 신세가 불쌍하게 될 것이니, 이 말씀은 합당하지 못한 줄로 아나이다."

"그건 너무 겸손하신 말씀이외다."

백공은 거듭 임 진사에게 청혼을 받아 줄 것을 간청하였다. 마지못하여 임 진사가 허락하자, 백공은 크게 기뻐하고,

"그러면 이 달 보름날에 선군이 집에 돌아올 것인즉, 그때 귀댁 문 앞을 지나가게 될 것이니 그 날 곧바로 성례(成禮)함이 좋을 듯한데 임형의 생각은 어떠하신지요?"

"백형의 형편에 따를 터이니 좋도록 하십시다."

"지나친 부탁을 거절 안 하시고 모두 받아 주시니 감사할 따름이오."

백공이 백배사례(百拜謝禮)[2]하고 임 진사와 하직한 후 집으로 돌아와서 부인에게 이 사실을 말하고 곧 예물을 갖추어 임 진사 댁으로 보내었다.

그러나 부인은 도무지 마음이 놓이지 않아 걱정을 거듭하다가 백공에게 물었다.

"임 진사 댁 규수와 성혼하게 된 것은 잘된 일이오나 숙영 낭자가 죽은 줄을 모르고 내려올 것이니, 집에 와서 낭자가 죽은

---

1) 남을 높여 그의 아들을 일컫는 말.
2) 매우 고마워서 거듭거듭 사례함.

연유를 물으면 어찌하오리이까?"

"그것은 사실대로 말할 것이 아니라……."

백공과 그의 부인 정 씨는 이리이리 하자고 약속하고는, 선군이 내려올 날을 기다려 풍산의 임 진사 댁으로 가서 혼례를 치르기로 하였다.

백선군은 벼슬을 제수받은 후 특별 휴가를 얻어 조정을 하직하고 안동을 향하여 내려왔다. 상감이 내려 주신 모자를 쓰고 청사(靑絲) 관대를 입고, 오른손에 옥홀(玉笏)을 꽂고, 풍악을 울리며, 청홍개(靑紅蓋)를 앞세우고, 금안준마(金鞍駿馬)[3]를 높이 타고 앞뒤에는 따르는 종복(從僕)들이 옹우(擁衛)하며 큰길을 행진하여 왔다. 길가에 나와 구경하는 사람들은 한결같이 백선군의 용문에 오른 영광을 칭송하고 그 재기(才氣) 준수함을 부러워하였다. 그렇게 행차(行次)[4]하여 남으로 사흘을 간 후에 백선군이 잠시 피로를 풀고자 주점에 들러 쉬고 있는데, 문득 졸음이 와서 눈을 감으니 비몽사몽(非夢似夢)간이라. 숙영 낭자가 온몸에 피를 흘리며 방문을 활짝 열고 들어와 선군의 옆에 앉더니 절통하게 울면서 호소하였다.

"낭군께옵서 입신양명하여 영화롭게 오시니 기쁘기 그지없사오나, 저는 이미 박명(薄命)[5]하여 이 세상을 버리고 구천을 떠도는 원혼이 되었나이다. 일전에 낭군님의 편지 사연을 들으니, 낭군께서 저에 대한 사랑은 간절하시오나, 이것 또한 저의 연분이 척박하여 벌써 이 세상을 하직하였으니, 구천의 혼백이

---

3) 비단 안장과 훌륭한 말.
4) 웃어른이 길을 가는 것을 높여 일컬음.
5) 운명이 기구함.

라도 한스럽기 그지없사옵니다. 아무쪼록 저의 원통한 사연을 낭군께옵서 풀어 주시어 편히 눈을 감게 하여주옵소서. 저는 너무나 억울한 누명을 썼기로 아직까지 분한 마음이 가시지 않아 구천을 방황하고 있사오니 모름지기 낭군께서는 소홀히 하시지 마시고 시시비비(是是非非)[1]를 가려 누명을 벗겨 주시오면 죽은 혼백이라도 깨끗한 귀신이 되고자 하나이다."

그러고는 낭자의 모습은 연기처럼 사라져 버렸다. 선군이 크게 놀라 잠에서 깨어나 보니 온몸에 식은땀이 축축하고 간담이 서늘해졌다. 선군은 마음을 안정하지 못하고 아무리 생각해 보아도 그 연유를 짐작할 수가 없었다. 다음날부터는 이른 새벽에 일어나서 인마(人馬)를 재촉하여 서둘렀다. 며칠만에 풍산 마을에 이르러 숙소를 정하였으나, 낭자 생각에 골몰하여 식음을 전폐하고 앉아 밤이 지나가기를 기다렸다. 그런데 밤이 점점 깊어 갈 무렵이었다. 갑자기 하인이 와서 이르기를,

"대상공(大相公)께서 오셨나이다."

아들을 만난 백공은 망설이다가 가족들이 모두 무사하다고 거짓으로 알리고는 선군이 장원급제하여 높은 벼슬을 한 사연을 물으면서 억지로 기뻐하는 기색을 보였다. 그리고 나서 얼마 후에 선군을 향해 은근한 말로 권유하였다.

"장부가 뜻을 얻으면, 아내를 둘 얻는 것이 고금의 상례로 되어 있다 하니 너도 이제 그렇게 함이 좋을 듯하구나. 듣자 하니 이 마을 임 진사의 딸이 매우 현숙하다 하므로 내가 이미 구혼하여 혼례 일자를 잡아 놓았으니, 이곳에 온 김에 내일 당장 육

---

1) 옳은 것은 옳고 그른 것은 그르다고 하는 일.

례를 치르고 집으로 돌아가는 것이 어떻겠느냐?"

선군은 숙영 낭자가 꿈에 나타나 억울하게 누명을 쓰고 죽은 일을 반신반의하고 있다가 막상 부친의 이와 같은 말을 듣고 보니 이상한 마음이 들어 생각하되, '부친께서 이렇듯 내게 재취(再娶)를 권유하시는 것을 보니, 숙영 낭자가 죽은 것이 분명하구나. 그래서 나를 속이고 임 낭자와 결혼하게 하여 나를 위로해 주시려는 의도임에 틀림없다.' 하고는 곧장 부친께 말씀을 드렸다.

"아버님 말씀은 지당하시오나, 소자의 마음은 급하지 않사오니 나중에 청혼하여도 늦지 않을 줄로 아옵니다. 그러하오니 그 말씀은 지금은 하지 말아 주십시오."

아들의 성질을 잘 아는 백공은 더 이상 조르지 못하고 근심 속에서 그날 밤을 지새웠다. 첫닭이 울고 먼동이 트기가 무섭게 선군은 행졸(行卒)을 재촉하여 곧바로 안동으로 향하였다.

이때 임 진사는 선군이 마을에 와서 머물고 있다는 소식을 듣고는 오늘의 혼례를 의논하기 위하여 선군의 숙소로 찾아가다가 도중에 이미 안동을 향해 떠나가는 선군의 행차를 만났다. 임 진사는 선군에게 장원급제한 것을 치하하고, 친구 백공을 만나 혼사에 관한 말을 꺼내니, 백공은 아직 서두를 것이 없이 천천히 진행함이 좋다는 아들의 뜻을 전하고는 어물어물 넘겼다.

이미 계획이 틀려진 백공은 당황한 마음으로, 서둘러 달려가는 아들의 뒤를 따라 함께 안동의 집으로 내려왔다.

선군은 본집에 당도한 후에 곧장 부모께 절을 한 후, 모친에게 숙영 낭자의 안부를 물었다. 모친이 말문이 막혀 주저하는

지라, 선군은 의아스럽게 여겨 즉시 아내의 방으로 달려갔다. 천만뜻밖의 참경(慘景)[1]이 선군을 기다리고 있었다. 가슴에 칼을 꽂은 채 누워 있는 숙영 낭자를 보니, 선군은 가슴이 막혀서 울음도 울지 못하고 그만 방을 뛰쳐나오고 말았다. 춘앵이 동생 동춘의 손목을 이끌고 달려와 아버지의 옷자락을 부여잡고 통곡하였다.

"아버지, 아버지는 왜 이제야 오시나요? 어머니는 이미 죽은 지 오래 되었으나 아직 장사도 못 지내고 저렇게 있으니 어찌하면 좋을까요?"

그러면서, 아버지를 끌고 낭자의 빈소로 들어가면서 울음 섞인 목소리로 말하였다.

"어머니, 불쌍하신 어머니, 아버지가 이제 오셨으니 어서 일어나 반겨 주세요. 그렇게 밤낮으로 아버지 오시기만을 기다리시더니, 왜 그렇게 누워만 계시나요?"

딸 춘앵의 울음소리를 듣고 나서 선군은 비로소 목을 놓고 울었다. 그런 다음 다시 부모 앞으로 나와서 숙영 낭자가 왜 저토록 참혹하게 죽었는지 그 연유를 물었다. 부모는 대답하지 못하고 흐느껴 울기만 하였다. 그러다가 부친이 울음을 멈추고 말하기를,

"네가 과거 길에 오른 지 오, 육 일 만에 네 처의 기척이 없어서, 우리가 이상히 여겨 동별당으로 가서 보니 저런 처참한 모습이더구나. 집안 식구가 모두 크게 놀라 그 곡절을 알아보려고 갖은 애를 다 썼으나 아직도 자세한 곡절을 모르고 있다.

---

[1] 끔찍하고 비참한 광경

하지만 짐작하건대, 어떤 놈이 네가 집에 없는 줄을 알고 밤중에 침입하여 겁탈하려다가 뜻대로 되지 않자 칼로 찔러 죽이고 도망친 것이 분명한 것 같다. 그 후 염습하려고 해도 칼이 뽑히지 않고, 시체를 옮기려고 해도 꼼짝도 하지 않으니 속수무책이라 지금껏 너 오기만을 기다리고 있던 참이란다. 이런 불상사(不祥事)를 네가 알면 혹 병이 될까 염려하여 미리 임 진사의 딸과 정혼하였던 것이니라. 네가 네 아내의 불행을 알기 전에 새 숙녀를 얻어 정을 붙이면 네 아내의 불행이 좀 위로될까 하여 그렇게 하였단다. 그러하니 너도 이왕지사 이렇게 된 일을 가지고 너무 그렇게 상심하지 말고 어서 장례 치를 생각이나 하여라."

이 말을 들은 선군은 넋 나간 사람처럼 멍하니 앉아 있다가 다시 아내의 빈소로 가서 크게 목을 놓아 울었다.

그러다가 갑자기 화가 머리끝까지 올라와서 집안의 모든 남녀 노복들을 한 자리에 묶어서 마당에 꿇어앉혔다. 그 가운데 매월도 끼여 있었다.

선군이 옷소매를 걷어올리고 빈소로 들어가 이불을 벗기고 보니 마치 살아 있는 듯 조금도 살이 썩지 않고 있었다.

선군은 울음을 삼키면서, '이제 내가 왔으니 낭자는 부디 안심하라. 가슴에 박힌 칼이 빠진다면 그 칼로 원수를 갚아 낭자의 원혼을 달래리라.' 하고 속으로 생각하며 칼을 잡고 당기니 가볍게 쑥 빠졌다. 그와 함께 낭자의 가슴팍에서 파랑새 한 마리가 나와서,

"매월이다, 매월이다 매월이다."

세 번을 울고는 날아갔다. 조금 후에 또 다른 파랑새가 날아

와서,

"매월이다, 매월이다, 매월이다."

그러고는 또 세 번을 울고는 날아갔다. 그때서야 선군은 매월의 질투 소행인 줄을 알고는 분함을 이기지 못하였다. 형틀을 갖추고 모든 노복들을 차례로 문초하고 매질하였다. 하지만 죄가 없고 또한 비밀도 모르는 노복들이 어찌 진실을 말할 수 있으랴?

마지막으로 매월을 끌어내다가 문초하였으나 간악한 매월은 좀처럼 입을 열지 않았다.

"사실을 자백하지 않으면 계속하여 죽을 때까지 사정 두지 말고 매우 쳐라!"

추상(秋霜) 같은 선군의 호령에 좌우 사령(使令)[1]들이 매월을 향해 사정없이 매질을 가하였다. 매가 백 장(杖)에 이르자, 무쇠 같은 몸인들 어찌 터지지 않고 배기랴? 그토록 모진 매월도 절반은 넋이 나가서 게거품을 내어놓으면서 빌었다. 그리고 사건 전말을 털어놓았다. 숙영 낭자가 이 댁 본실로 들어온 후로 선군이 자기를 멀리하고 낭자만 총애하기에, 질투가 생겨 그 원통한 마음을 풀려고 그와 같은 간계를 꾸며 낭자에게 누명을 씌웠노라고 하였다.

선군은 즉시 공모한 불량배 도리를 잡아다가 문초하였다. 그런 결과 매월의 꼬임으로 돈에 팔려 숙영 낭자의 방에 드나드는 외간 남자처럼 꾸며서 백공의 의심을 사게 하였다.

"에잇, 하늘이 무섭지도 않느냐? 이 벌레만도 못한 인간들

---

1) 각 관아에서 심부름하던 사람.

아!"

 선군은 노기가 충천하여 칼을 들고 뜰로 내려와서 매월의 목을 한 칼에 베어 버렸다. 그리고는 배를 갈라 간을 꺼내어 낭자의 시체 앞에 놓고 통곡하며 위로하였다.

 "아아, 슬프구나. 성인군자(聖人君子)도 참수를 당하고 현부 열녀도 욕을 당함은 고금에 없지 않은 불행이라고 하나 숙영 낭자같이 원통 절통한 일이 세상에 또 있을까? 이것은 모두가 다 나 선군의 불찰로 말미암아 생겨난 불행이니 어느 누구를 원망하랴? 오늘 그 원수는 갚았거니와, 한번 죽은 낭자의 자태를 어디 가서 다시 볼 것인가? 나 또한 마땅히 죽어서 낭자의 뒤를 따를 것인즉, 부모께 끼치는 불효를 부디 용서하여 주옵소서."

 선군은 크게 탄식하고 나서 낭자의 시체를 감싸 안고는 다시 목을 놓아 울었다. 그리고 매월에게 이용당하여 낭자의 음해 사건에 가담한 불량배 도리는 관가에 넘겨 머나먼 섬으로 귀양을 보냈다.

 백공 부부는 며느리가 억울한 누명을 쓰고 죽은 사실을 알리지 않고 있다가 모든 것이 밝혀지자 무색해져서 아무 말도 하지 못하였다. 그러나 선군은 도리어 부모님을 위로하고 묵묵히 장례를 치를 준비를 서둘렀다. 빈소로 들어가 먼저 염을 하려고 하였으나, 여전히 시체가 움직여지지 않았다. 선군은 사람을 모두 밖으로 내보내고 혼자서 빈소에 촛불을 밝히고 탄식하면서 시체를 지키다가 문득 잠이 들었다. 그때 숙영 낭자가 아름답게 화장을 하고 비단옷 차림으로 들어와 절을 하면서 이렇게 말하였다.

"낭군께서 제 원수를 갚아 주시니 그 은혜를 어찌 다 갚으오리까? 어제 천상에서 옥황상제께서 저를 불러 말씀하시기를, '너는 선군과 자연히 만날 기약이 있는데도 삼 년 기한을 지키지 않고 빨리 인연을 맺었던 까닭에 인간 세상에 내려가서 억울하게 죽게 되었으니 누구를 원망하겠느냐?' 하시므로, 제가 백배 사죄하고, 옥황상제께 명을 거역한 죄는 백 번 죽어 마땅하오나, 선군이 저를 따라서 죽으려 하오니 다시 한 번 저를 인간 세상에 보내어서 선군과 못 다한 인연을 맺을 수 있도록 해 주십사 하고 애원하였나이다. 그랬더니 옥황상제께서는 불쌍히 여기시고 시신에게 영을 내리시어 '숙영의 죄는 그 정도로도 이미 징계(懲戒)가 되었으니, 다시 살려서 인간으로 내보내어 선군과 못 다한 인연을 맺게 하라.' 하시고, 또 염라대왕에게도 영을 내려 '숙영을 놓아 다시 인간이 되게 하라.' 하시었습니다. 그러자 염라대왕이 옥황상제께 말하기를, '상제께서 그렇게 분부하시니 마땅히 영을 받들겠사오나, 숙영이 죽은 후에 죄를 벗을 기한이 아직 못되었사오니 이틀만 더 있다가 인간 세상으로 돌려보내겠나이다.' 하고 청하자, 옥황상제께서 그리하라고 하시었습니다. 또한 옥황상제께서는 남극성(南極星)을 불러서 저의 수명을 책정하라고 하시니, 남극성은 팔십까지로 정하고 세 사람이 한날한시에 승천하게 한다는 것이었습니다. 제가 옥황상제께 여쭙기를, '저와 선군은 두 사람인데 어찌하여 세 사람이 한날한시에 승천한다고 하시나이까?' 하였더니, 옥황상제께서 말씀하시기를, '너희들 부부가 앞으로 자연히 세 사람이 될 것이니라. 그 이상은 천기(天機)를 누설할 수 없어서 알려줄 수가 없노라.' 하시므로 이상하게 생각하였 나이다. 옥황상제께서는 또한 석가여래를 불러서 자식을 점지 해 주라고 분부하신즉 여래께서는 아들 셋을 점지해 주셨사옵 니다. 그러하오니 낭군께옵서는 제가 죽었다고 너무 상심하시 지 마시옵고 며칠간만 더 기다려 주시옵소서."

하고는 홀연히 사라졌다. 선군은 꿈을 깨고 나서 하도 이상한 지라 반신반의하며 여러 날을 더 기다렸다.

하루는 선군이 밖에 나왔다가 집에 돌아와 낭자의 빈소에 들 어가 보니, 꼼짝도 하지 않던 낭자의 시체가 옆으로 돌아누워 있는 게 아닌가? 선군이 놀라 시체를 만져 보니 체온이 산 사 람과 같이 따뜻하였다. 선군은 기쁨을 이기지 못하여 부모님께 달려가 그 사실을 알리고, 한편으로는 인삼 즙을 내어 입으로 흘려 넣고 팔과 다리를 주물러 주었다. 그러자 얼마 후 숙영 낭 자는 눈을 가볍게 뜨고 주위를 둘러보았다. 온 집안사람들이 기쁨을 이기지 못하였다

동춘을 안고 어머니의 시체 옆에 앉아 있던 춘앵이가 어머니 의 회생을 보고는 너무나 기뻐서 어머니 품에 와락 달려들어 울음을 터뜨렸다.

"어머니! 어머니! 날 좀 보세요. 그 동안 어찌 그리 오랫동안 꿈속에만 계셨나요?"

춘앵은 감격하여 어쩔 줄 몰랐다. 오랜 잠에서 깨어난 낭자 는 딸의 손을 붙잡고 물었다.

"네 아버님은 어디로 가셨느냐? 그리고 너희 남매는 그 동안 잘 있었느냐?"

자리에서 일어나 앉았다. 죽었던 사람이 다시 살아나는 이

엄청난 기적 앞에서 모든 사람들은 놀라워하면서도 한편으로는 기쁨을 감추지 못하였다.
 그로부터 며칠이 지난 후에 잔치를 베풀고 친척을 청하여 크게 즐거워하였다.
 이때 선군과 정혼을 한 임 진사 집에서는 숙영 낭자가 다시 살아났다는 소문을 듣고는, 예물을 돌려보내고 다른 곳으로 구혼하려 하자 임 낭자가 그 기색을 알고는 부모에게 아뢰기를,
 "여자의 몸으로서 한번 정혼하고 예물까지 받았사온데, 이제 상처한 전 부인이 회생하였다고 하여 파혼하는 것은 부당한 줄로 아옵니다. 나라의 법에 부인을 둘로 두지 못하도록 금하였으면 모르오나, 그렇지 않는 한에는 소녀는 결코 다른 가문으로 시집가지 않겠나이다."
 임 진사 부부는 딸의 말을 듣고는 어이가 없어 딸의 말을 무시하고는 다른 집으로 혼처를 구하였다. 그러자 다시 임 낭자가 부모님께 찾아와서 말하였다.
 "한번 말씀드린 것을 어찌 번복하오리까? 이 모든 것은 소녀의 팔자가 기박한 탓이오니, 여자의 말도 천금같이 중한지라, 한평생 시집가지 않고 부모님과 함께 지내도록 하여주시옵소서."
하고는 굳은 정절의 뜻을 밝혔다. 임 진사 부부 역시 딸의 뜻을 돌릴 수 없음을 알고, 다른 가문으로 구혼할 계획을 포기하였다.
 이런 저런 고민 끝에 임 진사는 백공을 찾아와 숙영 낭자의 회생을 치하하고 자기 딸의 정상도 함께 말하면서 탄식하였다. 그러자 백공은 그 모든 것이 자기의 책임인지라 깊이 사죄하면

서, 또한 임 낭자의 굳은 절개가 기특하여,

"과연 임 진사의 따님다운 마음씨외다. 그런 숙녀의 일생을 우리 선군 때문에 망쳐서야 어디 뵈올 면목이 있겠나이까? 이러지도 못하고 저러지도 못하니, 이 모두가 나의 경솔한 탓이오니 아무쪼록 나의 죄를 용서하여 주시오."

백공은 임 진사에게 거듭거듭 사과하였다. 이때 곁에서 얘기를 듣고 있던 선군이 임 진사에게 공손히 여쭈었다.

"임 낭자의 금옥 같은 마음씨를 듣자오니 감격할 따름이오나, 사정이 매우 난처하옵나이다. 나라의 법에 부인을 둘 두는 것은 허용되어 있사오나, 임 낭자가 어디 남의 둘째 부인이 되려 하겠나이까?"

"허허, 그러나 여식의 뜻이 그러하니 둘째 부인인들 어찌 사양하겠는가?"

그러고는 이런저런 얘기를 나누다가 돌아갔다.

선군이 숙영 낭자에게 돌아와 이 사실을 말한즉, 숙영 낭자는 미소를 지으며 대답하였다.

"임 낭자의 정념(情念)이 그러할진대 만일 낭군께서 맞아들이지 않으신다면 한 여자의 일생을 그르치는 죄악(罪惡)이 되고 낭군님의 죄악은 또한 저의 허물이 될 것이오니, 모름지기 낭군께서는 제 생각만 하지 마시고 한 여자의 불행을 구해 주소서. 또한 옥황상제께옵서도 세 사람이 같은 날 승천한다고 하셨으니, 이것도 필시 하늘의 뜻임이 분명하옵니다. 낭군께서는 양가(兩家)의 전후 사정을 상감께 상서하시어 허락을 구하소서. 그러하시면 분명히 상감께서 사혼(賜婚)하실 것이옵니다. 그렇게 된다면 도리어 양가의 영광이 될 것이온즉, 세상에서도 양가의 미담(美談)을 칭송할 것이옵니다."

"상감께 청하는 것이야 뭐 그리 어려울 게 있겠소. 이것은 어디까지나 낭자가 임 낭자를 구원하는 넓은 아량이니 미담의 주인공은 바로 낭자이외다. 그러므로 내가 낭자를 더욱 존경하오."

이에 선군은 낭자의 손을 잡고 치하하여 마지않았다.

며칠 후 상경하여 어전에 들어간 선군은 상감께 문안 인사를 드린 후, 곧 숙영 낭자와 임 낭자의 사정을 소상히 기록한 상소문을 올리었다. 선군의 상소문을 보신 상감은 즉석에서 크게 기뻐하시고,

"숙영 낭자의 아름다운 관용의 덕은 만고에 드문 일이니 정렬부인(正烈夫人)의 직첩(職牒)[1]을 내릴 것이요, 임 낭자의 절개 또한 기특하니 백선군과 혼인하게 하고 숙렬부인(熟烈夫人) 직첩을 내릴 것이니라."

하시고는, 이 사실을 만조백관(滿朝百官)[2]에게 널리 알리시었다.

백선군은 하늘의 은혜에 감사하고, 다시 특별 휴가를 얻어 집으로 돌아와 임 낭자와 택일하여 성례를 올리니, 새 신부 또한 보기 드문 요조숙녀였다. 신부는 시부모를 지극한 효성으로 섬기며 낭군을 사랑과 존경으로 모시었으며, 본실 숙영 낭자와도 시기하거나 질투하는 일이 없이 화합하여 항상 떨어지기를 서운해하였다.

그리하여 백 씨(白氏) 가문에는 항상 화기(和氣)가 가득 찼

---

1) 조정에서 벼슬아치에게 내리던 임명 사령서.
2) 조정의 모든 벼슬아치.

고, 부귀(富貴)를 누림에 결코 남을 부러워함이 없었다. 그 후 백공의 부부가 팔십을 향수(享壽)[3]하여 건강하게 지내다가 갑자기 병을 얻어 하루아침에 세상을 버리시니, 선군 부부 세 사람이 함께 슬퍼하며 선산에 장사를 지내고 삼년상(三年喪)을 치르었다.

세월은 흐르는 물과 같아서 어느덧 정렬부인은 삼남 일녀를 낳았고, 숙렬부인 또한 삼남 일녀를 낳으니, 그 팔 남매는 모두 부모를 닮아 한결같이 재기(才氣)가 뛰어나고 자태가 수려하였다. 팔 남매가 모두 차례로 성혼하여 가세의 번영과 함께 자손이 번성하여 대대로 복록(福祿)을 누리며 만석꾼(萬石君)[4]의 이름을 세상에 떨치었다.

백선군의 일가(一家)가 하루는 큰 잔치를 베풀고 자자손손이 모여 사흘을 즐기고 있는데, 갑자기 상서로운 구름이 사방을 에워싸고 용(龍) 울음소리가 진동하더니, 한 명의 선녀가 내려와서 말하였다.

"백선군은 듣거라. 인간의 재미도 좋으려니와 천상의 즐거움이 또한 그보다 못하지는 않으리라. 그대 부부 세 사람의 승천(昇天)할 기약이 바로 오늘이니 지체하지 말고 따르도록 하라."

그러고는 백선군 노부부 세 사람을 하늘로 불러 올렸다. 이 때 백선군 부부의 나이는 모두 팔십 세였다.

자손 일가가 모여 서서 하늘을 우러러보며 슬픔을 억제하지 못하고 통곡하며 백선군 부부의 유품(遺品)을 모아 관(棺)에

---

3) 오래 사는 복을 누림.
4) 벼 만 섬 가량이 수확될 만큼 넓은 땅을 가진 부자.

넣어서 선산에 안장하니, 후세 사람들이 두고두고 그 덕을 칭송하였다.

작품 해설

〈숙영낭자전〉은 지은이와 창작 연대가 알려져 있지 않은 고전 소설로, 〈수경낭자전〉, 〈수경옥낭자전〉, 〈숙향낭자전〉, 〈낭자전〉이라고도 부른다. 한문 소설인 〈재생연〉을 번역, 증보한 것이라고도 하는데, 등장인물의 이름이 다르며, 자료가 현전하지 않아 동일 작품 여부나 그 선후 관계를 정확히 알 수 없다. 더구나 현재 〈재생연〉은 유실된 상태이기도 하다.

이 작품은 조선 숙종에서 정조 사이에 창작된 것으로 추정되는 고전 소설로서, 도선 사상에 입각하여 설화적 형식을 취한 애정 소설이다. 특히 혼를 중히 여기는 부모와 애정을 중히 여기는 자식 사이의 갈등 속에서 자식의 의지가 타당성을 얻은 작품이라고 할 수 있다. 이런 점은 조선 후기 가치관의 변화를 보여 주는 대표적인 작품이기도 하다. 특히, 기존의 가치관인 '효'와 '애정 추구'의 갈등을 보이는 작품으로, 후자가 전자를 극복하는 방향으로 진행되는 내용은 조선 후기 사회의 가치관의 변모를 보여 준다고 할 수 있으며, 내용 역시 선명하고 깊이 있게 형상화되었다는 평가를 받고 있다.

　세종대왕 때, 경상도에 사는 백산군과 정씨는 부처님께 빌어 선군을 얻는다. 선군이 어느 날, 책을 읽다가 잠깐 잠이 들었는데 꿈에 선녀가 나타나고, 그때부터 선군은 선녀를 못 잊어 병이 나 자리에 눕는다. 이에 그 선녀가 다시 나타나 자신의 화상과 금동자 한 쌍을 주고 간다. 이어 시녀 매월을 보내어 구완하게 한다. 하지만 그래도 병이 낫지 않자 선녀는 선군에게 옥련동에 와서 자기를 찾으라고 한다. 이에 선군이 옥련동에 가서 그 선녀를 만나 집으로 데려온다.
　행복하게 8년을 함께 살아 딸 춘앵과 아들 동춘을 낳은 숙영은, 부모와 의논하여 선군이 과거를 보러 가게 한다. 선군은 과거를 치르러 길을 떠났으나 숙영이 보고 싶어 하룻밤을 넘기지 못하고 밤에 몰래 부인 방으로 돌아온다. 시부 백상군은 이것을 외간 남자로 오해해서 의심하고, 이를 노려 매월의 간계로 숙영은 문초를 당한 뒤 스스로 칼로 자결하여 죽는다.

선군이 과거에 급제하여 돌아온다는 연락이 오자 백상군은, 아들이 숙영이 죽은 것을 알고 슬퍼할까 걱정되어, 선군이 오는 길에 임 진사의 딸을 두 번째 부인으로 맞게 한다. 안동 본가로 금의환향하는 길에 선군은 숙영의 죽음을 꿈으로 알게 되자 다음날 숙영의 한을 풀어 주고 제사하니, 숙영이 다시 살아난다.

한말에는 판소리로 불리기도 했으며, 이름만 전하는 '백상군가', '백선군가'는 각색된 판소리 사설 내지 대본이었을 것으로 추측된다.

국문본과 한문본이 전하고 있는데, 어느 것이 먼저 쓰여졌는지는 알 수 없다. 국문본은 수사본과 20세기 초엽에 출판된 인쇄본이 있고, 한문본은 수사본으로 전한다. 다만, 이 작품은 비교적 목판본과 필사본의 내용의 차이가 심하게 나타나는 작품이다. 목판본이 필사본에 비해 박품의 완결도가 더 뛰어난 것으로 평가된다.

  이본(異本)으로 〈옥련동기〉가 있다.

주생전

　주생의 이름은 회, 자는 직경, 호는 매천이며, 촉나라 사람이다. 원래 그의 선조들은 대대로 전당(錢塘)[1]에서 살아왔으나, 그의 부친이 촉주(蜀州)의 별가[2] 벼슬을 하게 되어 그때부터 그의 집은 촉 땅이었다.
　주생은 어려서부터 재주가 있고 총기(聰氣)가 있어서 남들로부터 천재라는 이름을 들었으며, 특히 시를 잘하였다. 나이 십팔 세에 태학생[3]이 되어 친구들의 우러러본 바가 되었고, 그 자신도 자기의 재주와 학문이 보통이 아니라고 자부하고 있을 정도였다.
　그러나 웬일인지 태학에 재학하기 수년에 이르건만 그는 끝

---

1) 중국 절강성에 있는 강 이름. 선하령에서 발원해서 동북으로 흘러 절강성 서북부를 관류하며 여러 지류를 합해 항주만으로 들어감.
2) 승정원의 서리.
3) 성균관의 장의 이하 생원·진사의 총칭.

내 과거 시험에 급제하지 못하였다. 그 이유는 알 수 없었으나 어쨌든 이것은 그의 인생을 바꿔 놓는 결과가 되어 버렸다.

"사람의 세상살이가 마치 티끌이 약한 풀에 깃들고 있는 것과도 같을 뿐인데, 어찌하여 사람은 공명(功名)에만 급급하여 자기를 잃어버려야 할 것인가. 따지고 보면 아무것도 아닌 입신양명(立身揚名)[1]만을 생각하고 있는 내 청춘이 아까울 뿐이다."

과거 시험에 붙지 못한 천재 소년은 홀연히 대각(大覺)한 것이었다.

이 각성이 있은 뒤로 주생은 드디어 과거 공부를 단념하고 자유로운 강호유람(江湖遊覽)에 뜻을 두었다. 그 동안 궤짝 속에 숨겨 두었던 몇 백 냥 돈을 이제야 쓸 때가 왔다고 기쁘게 꺼내 놓고, 우선 그중의 얼마로 자그만 배 한 척을 샀다. 강호를 유람하려면 배가 필요할 것이 아니겠는가. 산야(山野)를 가는 데에 말이 필요한 것과 마찬가지이다.

다음에는 나머지 돈으로 장사가 될 만한 물건을 샀다. 그것으로 생활을 해 가며, 누구에게도 구속을 받지 않는 양심의 자유를 얻어 보자는 것이었다. 그는 강호 유람객이라는 무척 자유로운 직분을 고금의 유명한 시인 묵객(詩人墨客) 중에서 그 예를 찾아 고찰을 하고 또 고찰을 해 보았으나, 우선 생활의 독립이라는 것이 무엇보다도 선결 문제인 듯하였다.

이렇게 하여 그는 아침에는 오(吳), 저녁에는 초(楚)[2]라는

---

1) 자기의 이름을 드날려 세상에 알림.
2) 중국 춘추오패의 하나. 뒤에 전국칠웅의 하나가 됨. 양자강 중류의 땅을 차지한 나라로 호북성 영에 도읍했다가 진나라에 망함.

식으로 쉴 새 없이 옮겨 다녔다. 물건을 팔기도 하고, 사기도 하고, 그러기 위해서는 이곳에서 저곳으로 가고, 닥치는 대로 노를 저으며, 서서히 가고 싶은 곳으로 갔다. 그것은 전혀 저 하늘의 뜬구름과도 같았다.

어느 날인가는 악양성[3] 밖에 배를 매 놓고, 전부터 친근하게 지내고 있었던 나생이라는 친구를 찾아갔다. 이 친구 역시 그에 못지않은 재주꾼이었다. 나생은 그를 보자 매우 반가워하였다. 술을 사서 대접하고, 회고담에 꽃을 피웠다. 이야기를 하는 동안 주생은 술에 취하였다. 만취(滿醉)가 되어 배에 돌아왔을 때에는 벌써 날은 어두워 있었다.

초저녁 밝은 달빛은 밤의 어두운 강물을 고요하게 수놓기 시작하였다. 주생이 술에서 깨어 눈을 떴을 때에는 그의 자그만 배는 물 가운데 둥둥 떠서 저 혼자 가는 줄 모르게 움직이고 있었다. 어디선가 절간의 종소리는 은은하게 제행무상(諸行無常)[4]을 전해 오고, 달은 어느새 새벽달이 되어 서쪽으로 기울고 있었다.

새벽의 뽀얀 안개가 양쪽 강 언덕을 덮고, 그 사이로 거무스름한 육지와 나무와 산과 때로는 집들도 보이는 듯하였다. 달빛도 많이 흐려져서 안개 너머로 흐리덩덩한 무지개를 이루고 있고, 안개는 이 모든 삼라만상(森羅萬象)[5]을 성급하게 감추어 주기라도 하듯이 그의 앞을 마치 자그만 분가루를 뿌린 것처럼 흐르고 있었다.

---

3) 중국 동정호 동쪽에 있는 항구 도시 악양의 성.
4) 우주 만물은 항상 돌고 변해 한 모양으로 머물러 있지 않음.
5) 우주 안에 존재하는 수많은 현상.

양쪽 언덕의 집에서 이따금 초롱불이 희미하게 비쳐 오는 것도 인상적이었다. 그는 온몸의 냉기를 느끼며 물가로 배를 대었다. 알고 보니 그곳은 전당(錢塘)이라는 곳이었다.

전당은 그에게 향수를 주었다. 선조 대대로 살아온 이곳은 그에게 고향 이상의 깊은 감명을 주는 곳이었다. 더구나 새벽의 기분이 기분인지라, 이 자유로운 강호 유람의 선비는 즉흥에 맡겨 글 한 수를 읊었다.

악양성 밖 배에 의지하여,
하룻밤 취하다 보니,
두견새 우는 동안,
봄 달은 밝고,
몸은 전당에 있음이러라.

전당의 물가에 배를 대었을 때에는, 시야를 가리던 얄미운 안개도 걷히어 대기는 맑고, 아침 태양은 찬란하게 대지를 비치기 시작하였다.

주생은 육지에 올라 이 고장의 옛 친구들을 찾아보았다. 더러는 이미 세상을 떠나, 이 볼 수 없는 옛 친구들로 하여 그의 향수는 더구나 말할 수 없는 비애에 잠겨 들어갔다. 무엇인지 모를 무거운 우수가 그를 잡고 놓지 않았다.

이 천재적인 시인은 그것을 글과 음성에 십분 효과를 내면서 향수에 젖은 옛 땅을 거닐 대로 걸어 보았다. 특히 기억에 남는 곳에서는 아무리 발걸음을 돌리려고 하여도 돌릴 수가 없었다. 십 년 만에 제 고향을 찾은 자가 길가의 그다지 눈에도 띄지 않는 자그만 돌에도 소녀처럼 감동하여 지켜보듯이, 이 정서 아름다운 위대한 시인은 그 무엇 하나 그냥 보아 넘길 수는 없었다. 심지어 공기마저도 그의 마음을 눈물로 적셔 놓기에 충분하였다.

이러던 중 우연히 길가에서 배도라는 기생을 만났다. 배도는 그와 어릴 때 같이 자란 소꿉동무였다. 이제는 재색을 겸비한 실로 아름다운 기생이 되어, 이곳에서는 이 교양 있는 미녀를 배랑이라 부르고 있었다. 그것은 그 여자를 존경하는 의미에서였다.

배도는 옛 소꿉동무를 만나자, 감격하여 그를 자기 집으로 끌고 갔다. 두 남녀는 어렸을 때의 정이 그대로 되살아 오는 듯하였다. 그것은 참으로 진지한 우정이라고 할 수 있는 것이어서, 그때 모르고 놀았던 온갖 애정의 장막이 죄다 벗겨져 그 애정에 새삼스러운 깊이를 가져오고, 이해는 완전해 왔다. 그때 어째서 이러한 감정의 골짜기와 깊은 웅덩이의 밑창을 골랐던가 하고, 놀랄 정도로 그들의 마음은 친근감을 가지고 접근해 갔다.

눈의 표정, 걸음걸이, 많이 변한 듯한 음성과 육체마저도 그 옛날을 설명하고, 풍부하게 해주었다. 더구나 소녀가 초기의 건강한 미녀로 변하였을 때, 그 성숙의 내용이 보여 주는 풍부한 매력은 옛 남자 동무를 아예 뇌쇄(惱殺)시키지 않을 수가 없는 법이다. 소녀는 아름답게 자라거나 추녀로 자라는 두 가지 길밖에 없다. 배도는 아름다운 여자에 속하였다. 그 여자의 아름다움은 이제야 여자로서 완성해서, 머리털에도, 입술에도, 어깨에도, 허리에도, 그 어디나 그 여자의 온몸은, 심지어 그 여자가 몸을 휘어 감고 있는 비단옷의 끝머리에까지, 그 여자가 호흡하는 대기에까지 유혹하는 힘이 가득 차 있었다.
  배도를 여기서 만난 대시인의 가슴은 온몸의 생명과 감동이 일시에 끓어올라 폭발할 듯하여 견딜 수 없을 정도였다. 옛날 얘기를 하며 끝이 없던 주생은 그 중도에 우선 성급하게 한 수를 읊지 않으면 아니 되었다.

하늘 끝 타향에서 얼마나 지냈던고.
만리 길 돌아오니 다른 것뿐이로다.
두추(杜秋)의 아름다움 예나 다름없고,
청루(靑樓)의 주옥(珠玉)이 햇빛에 반짝이누나.

  감격한 시인은 먹을 갈아 일필휘지(一筆揮之)[1]해서, 그것을 아름다운 배도에게 불쑥 내밀어 주었다. 배도는 그것을 칭찬하며, 기뻐해 마지않았다. 존경에 가까운 찬미가 거기에 있었다.
  "군자의 재주가 이렇게도 훌륭하여 사람들에게 질 바가 아닌데도 어찌하여 물 위에 뜬 부평초(浮萍草)나 바람에 나부끼는 쑥대나, 하늘에 뜬구름과도 같이 정처 없이 떠다니나이까?"
  배도는 감동하여 물었다. 그리고, 또 잠시 후 상대방을 말끄러미 지켜보며, 어느 정도 연민의 정을 가지고 이렇게 물었다.
  "장가는 드셨나이까?"
  "아직 미취(未娶)[2]라. 강호의 유람객이 여자를 얻어 무엇하리요."

---

1) 한숨에 흥취 있고 줄기차게 글씨를 씀.
2) 아직 장가를 들지 않음.

주생은 어색하게 웃어 보였다.
 "내 소원이니, 군자는 이제부터 배에 돌아가지 마시옵고, 그저 제 집에만 머물러 겨사이다. 그러면 첩은 군자를 위하여 좋은 요조숙녀(窈窕淑女)[3]를 구해 드리리다."
 여자답게 성숙한, 이 보기 드문 재색 겸비의 기생은 말하였다. 그리고 눈의 표정어 그 여자의 매력을 가득히 과시해 보였다.
 옛 향수의 정은 이제야 남녀의 정으로 변하고, 그것을 서로가 똑같이 깨달아 가고 있는 모양이었다. 처음에 만난 사이가 아니고, 옛 소꿉동무여서 더구나 서로의 정욕은 급속도로 익고, 그 밀도는 보통의 몇 배가 넘는 듯하였다.
 "배랑의 그 말씀은 고마우나, 내 어찌 바라리요."
 주생은 사양하였다. 그러나 서로의 욕망은 점점 근접하고, 무언가의 저항하기 어려운 힘에 의하여 내심 격렬한 투쟁을 하고 있는 것은 틀림이 없었다. 아니, 저 옅치라든가, 체면이라든가 하는 따위 타성만 없다고 한다면 지금쯤 그들은 어느새 꽉 끌어안고 동물적인 이성의 본능에 완전히 지배되어 있었을 것이리라.
 그러나 군자이고 요조숙녀여서 그들은 동물과 인간의 분계점에서 완강히 버티는 중이었다. 그들은 말하자면 인간의 예술적 기교를 가지고 동물로 전락하는 때만을 기다리고 있는 것이다. 그 점을 서로 십분 이해하고 있었다.
 날이 저물어 방 안이 어둑어둑해지자 한없는 애수를 느끼기

---

3) 조용하고 아름다운 숙녀.

시작한 배도는 나이 어린 시비(侍婢)를 시켜 주생을 별실로 인도해 가도록 하였다. 방은 신방처럼 깨끗하고, 주인의 재색을 거기서도 엿볼 수 있도록 잘 꾸며진 방이었다.

주생은 시비가 돕는 대로 편안하게 자리에 누워 희미한 불빛으로 비쳐지는 사방의 벽을 둘러보았다. 그의 호기심은 어느 한 군데에서 번쩍 긴장하여 멈추었다. 벽에 글이 씌어 있기 때문이었다.

원래가 천재 시인인 주생은 그런 것을 보면 잠자코 있을 수가 없어서 편안한 잠자리를 박차고 일어나는 수고조차 아끼지 않았다. 그는 그곳으로 걸어가 그 글을 자세히 보았다.

비파(琵琶)로 상사곡(相思曲) 타지를 마오.
가락이 높아지면 이 간장 녹는다오.
꽃은 피어 한창인데,
찾아 주는 임은 없고,
한 많은 봄날 밤 보내기 그 몇 번이었던고.

감동한 주생은 이 글이 누가 쓴 것이냐고 시비에게 물어 보았다. 배랑 아씨가 쓴 것이라고 그 여자는 대답하였다.
'암, 그랬겠지. 당연히 배도의 글이 아닐 수 없다. 아니, 내 목을 자를 정도로 확신이 든다.'
그의 내심의 소리를 말하고 있었다.
그는 다시 이불 속으로 들어가 이리 뒤척 저리 뒤척하였다. 마치 배에 앉아 경호(鏡湖)를 유람하듯이 그의 상념과 공상은 제멋대로 유람해 달렸다. 그 때문에 그의 육신은 비틀리는 듯도 하였다. 모든 것을 시와 아름다움과 재치로써 측량해 보려는 그의 취미의 습성은 배도에 대한 찬미(讚美)와 존경을 한층 깊게 해주었다.

배도의 글에 맞추어 한 수 지어 보고 싶었으나 그것도 감정이 너무나 격렬하도록 흥분해서, 시가 되지 않고 글이 되지 아니하였다. 시 역시 흥분과 감정만으로는 아니 된다는 것을 그는 깨달았다.

밤은 깊어 가고 달빛은 창문에 찾아 들어 흥분한 그의 마음을 더욱 유혹하였다. 그러자 웬 인마(人馬)의 소리가 별안간 문밖에서 들려왔다. 그는 모든 신경을 그곳으로 모아 엿들었으나, 아무리 해도 분명히 알지 못하는 동안에 그 인마의 소리는 없어져 버렸다. 사람과 말의 의념(疑念)이 한동안 그의 마음을 잡고 놓지 않았다.

그의 감정과 상념의 지배자인 배도는 여전히 그 여자의 방에 있는 듯하였다. 그는 불시로 그 방의 비밀이 알고 싶어졌다. 그토록 성숙한 여자의 육체는 그 신비 속에서 지금 여하히 존재하고 있는 것인가? 그는 점점 말하기 흉악한 망상에 사로잡혀 갔다.

배도의 방은 촛불로 훤하게 밝아 있었다. 사창으로 그것이 보인다. 그는 대담하게 그쪽으로 걸어가 사창을 슬며시 젖히고 들여다보았다. 채운전[1]을 앞에다 펼쳐 놓고 앉아, 그 여자는 글을 짓고 있었다. 첫머리에 첩련화[2]라는 제명이 붙어 있고, 그것은 아직도 미완성이었다.

---

1) 구름을 수놓은 비단.
2) 꽃을 사모하는 나비.

요조숙녀는 군자호구(君子好逑)[1]라. 이런 때 아니 보고 언제 보랴. 감동이 절정에 오른 주생은 한 걸음 다가갔다.
"숙녀의 글 뒤를 이 강호 유람객이 채워도 좋으리까?"
그러자 배도는 놀란 듯이 고개를 번쩍 쳐들었다. 그 여자는 일부러 놀란 척하는 것 같았다. 이쪽에서 사창을 젖히고, 문을 걸어 들어가는 것을 모를 리 없었기 때문이다.
"이게 무슨 망령이시오? 이 깊은 밤에 손이 들어올 데가 못 되거늘, 어서 정해 드린 방으로 돌아가사이다."
"가기는 물론 가오마는, 죄는 나비에 있는 것이 아니오라 꽃에 있는가 보오이다. 아름다운 꽃을 보고 날아드는 나비를 누가 죄라 할 사람이 있으리이까?"
천재 시인은 그렇게 말하고 나서 상대방의 대답을 들을 것도 없이 그 여자의 앞에 앉아 붓을 뺏어 들었다.

청루(淸樓)의 봄은 깊었고,
달은 꽃가지에 걸려 있도다.
방 안에 서린 향기 그윽하건만,
창 안의 옥녀는 수심(愁心)으로 늙는다네.
품은 꿈은 이루지 못하고,
화초밭에서 홀로 헤매고 있는데,
봉래(蓬萊) 십이 섬에 잘못 들었다면,
뉘라서 번천(樊川)을 알 리 있으며,
오히려 향기로운 풀이나 얻어 볼까 하노라.

---

1) '그윽하고 정숙한 숙녀는 군자의 좋은 짝이로다' 라는 뜻으로, 행실과 품행이 고운 여인은 군자의 좋은 배필이 된다는 말임. 《시경》〈주남〉편에 나오는 노래 구절임.

단잠 깨어 얼핏 듣노니,
가지에 앉은 아름다운 새소리이고,
푸른 주렴(珠簾)[2]에는 그림자도 없이,
붉은 난간에 날은 밝기만 하노라.

배도의 양 뺨은 대번에 볼그레하게 붉어졌다. 소녀처럼 수줍은 그 표정은 그 여자의 안에서 새로운 생명력이 활발하게 흐르는 듯하였다.

주생은 그 여자의 눈에는 보이지 않을 정도로 바르르 떨리는 하얀 손을 덥석 잡았다. 따지고 보면 지금까지의 모든 기교는 이 절정을 향하여 서로가 미칠 듯이 줄달음쳐 올라온 것이 아니었던가. 거기에 방해될 것은 아무것도 없었다. 좀더 대담하게 끌어안아도 좋을 법한 일이었다.

그러나 군자와 요조숙녀의 명예는 그들의 감정과 성격을 한없이 비비꼬아서 열두 바퀴를 돌게 해 놓았고, 도덕 예절이라는 가면 뒤에 깊숙이 숨어 있도록 한 것이었다. 따라서 이 절정에 도달한 순간에도 그들의 도덕적인 타성을 약간의 저항을 보이지 않으면 아니 되었다. 배도는 그의 손을 밀고, 밖으로 나가 시비와 함께 주안을 차려 들여왔다. 어린 시비도 깊은 잠을 깨어서 주안상을 차려 놓고는 눈을 비비며 나가 버렸다.

재색이 겸비한 배도는 옷차림도 단정하게 앉아 주생에게 술을 권하였다. 애욕(愛慾)에 흥분한 천재 시인은 그 여자의 옷을 죄다 벗겨 그 성숙한 육체를 요모조모 뜯어보듯이, 실로 탐욕

---

2) 구슬을 꿰어 만든 발. 구슬발.

스러운 시선으로 그 여자를 쏘아보며 주는 대로 술을 받아 들이켰다.

배도는 되도록 이 무서운 시선을 피하려고 애쓰는 듯하였다. 그러나 마침내 이렇게 말하였다.

"첩의 선조는 대대로 영귀(榮貴)¹⁾를 누려 온 명문대가(名門大家)였삽더니, 천주시박사²⁾의 벼슬에 있사옵던 조부가 죄를 지어 천한 백성이 된 때부터는 가세가 기울어 다시는 일어나지 못하였나이다. 그뿐 아니라, 소첩은 조실부모(早失父母)하고 남에게 기름을 받아 오늘에 이르렀삽기로, 비록 절조(節操) 견고하고 결백한 인간이 되고자 하오나, 기생에 적을 둔 몸으로 어찌 그것을 바라리이까? 홀로 한가한 곳에 있을 때마다 첩은 꽃을 바라보고 눈물을 흘리지 않는 때가 없사옵고, 달을 대하여는 절망하지 않는 때가 없삽더니, 이제 군자를 뵈오니, 풍채(風采)³⁾가 뛰어나고 거동이 명랑하며 재주가 만인을 넘으며, 제 비록 못난 주제이오나 침석(枕席)⁴⁾에 어른을 모시고 길이 건즐(巾櫛)⁵⁾을 받들까 하나이다. 다만 바라거니와 낭군은 이 이후 입신양명하시어 빨리 영귀를 누리실 때, 이 못난 소첩을 기생의 적에서 빼어 내시와 선조의 이름을 보중하옵도록 하시면 더 바랄 것이 없겠나이다. 그러면 그 후 낭군이 아무리 첩을 버리고 돌아보지 않으신다 하옵더라도 조금도 원망하지 않으

---

1) 벼슬이 높고 귀함.
2) 시박은 무역선의 뜻으로, 중국 당나라 때부터 관세 징수 등 외국 무역에 관한 사무를 맡아보던 관아.
3) 빛나서 드러나는 사람의 겉모양.
4) 베개와 자리, 잠자리라는 뜻.
5) 수건과 빗이란 뜻으로, 낯을 씻고 머리 빗음을 뜻함.

리이다."

　그 여자의 눈에서는 벌써부터 눈물이 주룩주룩 쏟아지고 있었다. 주생의 욕망은 연민의 감정으로 변하였다. 그 여자가 말하는 동안 그의 입에서는 몇 번인가 긴 한숨이 새어나왔다. 말이 죄다 끝났을 때, 동정에도 천재적인 대시인은 눈물을 뿌리며 울고 있는 여인의 육체를 한쪽으로 끌어당겨 그 허리를 꽉 끌어안고, 한 손으로는 자기의 소매를 잡아 그 여자의 눈과 뺨의 눈물을 닦아주었다.

　그러나 그 여자의 허리를 꼭 잡은 한쪽 팔의 감각이 그에게 미묘한 감정을 전해 주어서 그의 마음은 여전히 복잡한 상태에 있었다. 눈물로 몸을 맡기는 것보다는 약간의 저항을 보여 주는 편이 오히려 정복의 쾌감을 맛보는 점에서 좋지 않겠는가 하고도 생각하였다.

　이러한 이기심에도 불구하고 시인의 연민의 정은 강하였다. 그는 되도록 불행한 여자를 달래려고 애썼다.

　"차사는 남아의 분수로다. 그대가 그런 말을 아니한들 내 어찌 무정할 수 있으리요."

　"시에 여야불상(女也不爽)이요, 사이기행(士貳其行)이라 아니하였나이까. 그리고 또 군자는 이익과 곽소옥의 이야기를 듣지 아니하셨나이까? 낭군이 첩을 버리지 않으실진대, 바라거니와 언약(言約)을 하여지이다."

　눈물을 뚝 끊고 그렇게 말한 배도는 즉시 일어서서 필묵(筆墨)을 갖추고, 언약 군서(言約文書)를 쓰기 좋은 노호(魯縞)를 한 자 가량 떼어다가 그의 앞에 펼쳐 놓았다. 이왕이면 기생의 육례(六禮)를 실행해 보자는 생각이었다.

그만큼 그 여자는 정조 견고하였으나, 이쪽에서도 욕망은 만만하지 아니하였다. 글을 쓰기 좋아하는 주생은 즉석에서 붓을 잡자 척척 내리갈겨 갔다.

청산이 늙지 않고 푸른 나무는 길이 있는지라.
그대가 나를 믿지 않을진대 밝은 달이 하늘에 있도다.

이런 식으로 친절하게 설명까지 붙여서 그는 감격하여 그것을 욕심내는 여인에게 주었다.

그리고 이제는 내 것이라는 듯이, 여자가 그 문서를 정성껏 봉하여 치마 품에 깊이 간직하는 동안에도 그 여자를 마음대로 애무하고 싶은 충동에 지배되었다. 배도는 문서와 제 몸을 바꿔, 지금까지 금성탕지(金城湯池)처럼 정조 견고하게 지켜 온 풍만한 육체를 아무런 저항 없이 내맡겼다.

그 여자는 한없이 떨고 있었다. 그 누구에 대한 한의인 것처럼 자기의 지키고 지켜 온 값있는 육체를 이 사랑하는 남자에게 결연히 내던져, 그 속에서 자기의 전 존재를 증명해 보려고 애쓰는 듯하였다.

주생은 강호 유람도 자유로운 생활도 강물에 띄워 놓은 배도 완전히 잊어버린 듯하였다. 그는 생명의 실존을 비로소 열렬하게 깨달은 듯하였다. 갑자기 인생관이 달라져, 세상은 행복에 차 있는 것 같고, 자기의 이 세상의 위대한 행운아인 것같이 생각하였다.

따라서 다음날 배도가 승상에게 불려 가게 되었을 때 그의 절망은 말이 아니었다. 그는 자기의 사랑하는 육체를 강제해

가는 권력을 증오하고 그 여자가 없으면 살 것 같지 않은, 실로 캄캄한 절망을 깨달았다.

그러지 않아도 그는 어제의 초저녁 일은 불안스러워서, 배도의 육체를 경험한 뒤에 일종의 질투의 감정을 가지고, 문 밖에서 인마(人馬) 소리가 난 것은 무엇이냐고 물어보았다.

배도는 그렇게 묻는 그의 눈을 베개를 같이 베고 누운 채 말끄러미 지켜보았다.

그리고 미소를 지으며 아무렇지도 않은 듯이 대답하였다.

"강변에 노 승상 댁이라고 붉은 대문 집이 있삽는데, 승상은 이미 돌아가셨삽고, 부인이 다만 일남 일녀를 거느리고 홀로 살아오더니, 날마다 가무(歌舞)를 즐기시와 어젯밤에도 말을 보내시고 소첩더러 오라 하셨나이다. 그러나 칭병(稱病)[1]하고 사절하였삽지요."

배도는 침실에서 매력적인 미소를 지어 보였다. 그것은 다분히 육감적이고 남자에 대한 열렬한 도취를 보이는 것이었으나, 질투의 정을 느끼고 있는 천재 시인은 좀처럼 그러한 감정에서 벗어나지 못하였다. 질투라는 감정상 그는 상대방 여자가 호의를 보이면 보일수록 이상한 비뚤어진 심사를 어찌할 수가 없었다. 그는 한창 피어는 육체를 마음껏 정복하고 경험하고 피로를 몰랐다. 그것으로 잠시의 불쾌한 감정을 벗어나려고 하면서…….

그러나 이날 저녁이 어둑어둑해 왔을 때, 그의 질투의 감정은 그의 내심에서 또다시 머리를 쳐들어와 공연한 의심에까지

---

1) 병이 있다고 핑계함.

그것은 번져 갔다. 노 승상의 부인이 이날 또 말을 보내 온 것이다. 그는 필경 배도가 자기에게 거짓말을 하는 것이라고 뱃속에서 단정하였다.

할 수 없이 내 이불 속의 여체를 보내기는 하였으나, 거기서 밤을 보내지 말고 일찍 돌아오라는 성급한 다짐만은 잊지 않았다. 원래가 도덕적인 그는 최대의 노력으로 관대한 미덕을 발휘해 본 것이다.

그러나 그 순간부터 그는 무서운 광적인 망상에 사로잡혀 도저히 혼자서는 그 여자가 없는 이불을 지키고 있을 수가 없었다. 그래서 그는 펄쩍 뛰어 일어나 옷을 주워 입고 배도의 뒤를 쫓았다. 배에 앉아 시나 읊고 자연이나 감상하며 유유자적하던 강호 유람객은 이제야말로 위험한 정열의 포로가 되어 십분 비극적이라고 할 만큼 그의 온몸을 긴장시켰다.

흥분한 주생은 용금문을 한달음으로 달려나가 수홍교 다리까지 갔다. 과연 대단한 저택이 강변의 그 일대를 점령하고 있었다. 붉은 대문의 노 승상 댁이라는 것이 바로 그 집이었다.

질투의 감정으로 권력을 증오하기 시작한 천재 시인은 이 사치스러운 종족의 거창한 근거지를 아예 불질러 없애고 싶은 분노마저 없지가 않았다. 하늘은 어찌하여 이러한 불로소득(不勞所得)의 사기꾼들을 정력을 배경으로 순박한 백성들에게 군림하며, 인류에게 죄와 악을 뿌려 놓은 간악한 종족(種族)을 그대로 두는가? 내 계집을 빼앗아 간 것도 바로 이 집이고 보니, 이들은 선량한 백성들을 얼마만큼 괴롭히는 것일까?

'그렇다! 나는 공분(公憤)에 못 이겨서도 이 간악한 인류의 기생충들을 없애 치워야만 한다. 적어도 내 계집을 끌어안고 있는 추악한 광경만 이 눈에 보여라. 그때는 너희와 너희의 보금자리는 완전히 허무로 돌아간다는 것을 알리라. 굴원[1]은 낭만을 찾아 하늘로 올라갔으나, 나는 증오하고 분노하고 질투하는 인간이다. 그 점을 똑똑히 보여 줄 테다. 나도 살아 있는 존재라는 것을 증명해 보이고야 말 테다.'

이런 식으로 대시인은 자기와 자기의 마음이 이르며 그 거대한 저택으로 향해 달음질쳐 갔다.

문 앞에 섰을 때 안에서 부드러운 음악 소리가 들려왔다. 매우 깊은 데서 오는 그것은 가느다란 풀벌레의 울음소리와도 같았으나, 주생의 가슴의 심금을 울려 놓기에는 충분하고도 남았다. 이 천재적인 대시인은 음악 소리를 듣자 아예 감동해서, 방금까지의 온갖 분노와 증오의 감정은 일시에, 실로 깨끗이 씻어져 버리고야 말았다. 그는 오히려 마음이 흐린하고 기쁠 정도였다.

시인은 문 앞을 왔다갔다하며, 시를 읊고 글을 지어 놓다가, 그중에 멋지다고 생각하는 한 편을 기둥에 썼다.

우거진 버들 너머 잔잔한 호수 있고,
그 물에는 높은 누각이 있도다.
붉고 아름다운 기와에는 청춘이 비쳐 있고,
향긋한 바람은 웃음소리를 전해 준다네.
그렇건만 화초 너머 집안 사람은 어찌 아니 뵐까.
오히려 꽃 사이로 나는 한 쌍의 제비가 되어서,

---

1) 중국 전국 시대 초나라의 시인. 회왕·경양왕을 섬겨서 벼슬을 했고, 도략에 빠져 한때 방랑 생활을 하다가 멱수타에 빠져 죽었음.

마음에 내키는 대로 집안에 날고 싶도다.
이리저리 발길을 옮기면서도 돌아가지 못하건만,
어쩌자고 석양의 강물은 수심만 돋워 줄까!

어둠은 점점 깊어져서 길이 아니 보일 정도가 되었다. 그러자 문득 그 집의 문이 열리며, 여자들의 따가운 웃음소리와 말소리가 들려오고, 이어서 말에 앉은 여자의 한 패가 문을 나오기 시작하였다.

시인은 깜짝 놀라 시상(詩想)도 죽이면서 그 옆 길가에 있는 빈 헛간으로 달려가 숨어 버렸다. 거기서 길을 지나가는 마상(馬上)의 숙녀들을 하나하나 지켜보았다. 죄다 고만고만하게 아름다운 여자들뿐이다. 입은 것도 잘들 입은 여자들이었다.

그러나 주생은 배도만한 여자는 없다고 생각하였다. 얼굴은 여하간에, 그 여자의 비밀을 혼자만이 아는 그는 그 여자만한 성숙한 풍만한 육체는 또 없다고 생각하였다. 그는 어제 이후 묘한 취미가 붙어서, 옷을 제아무리 화려하게 차려입은 여자라도 그 옷을 죄다 벗기고 볼 수 있는 투시력을 작용하기 시작하였다. 이 투시력은 그의 관찰이나 공상에 매우 편리한 방편이 되었다.

이렇게 하여 그는 하나하나 깊이 관찰하고 비교하여 보냈으나, 죄다 보내고 나니 자기의 사랑하는 여자가 없다는 것을 알았다. 그는 자기의 눈을 의심하며 부리나케 그 빈집에서 뛰쳐나왔다. 밤은 깜깜하여 십 보 앞을 분간하지도 못하였다.

별안간 또다시 예의 비극적인 망상에 사로잡히기 시작한 주생은 문 앞으로 걸어가, 열려진 붉은 대문을 들어가 보았다. 아무도 눈에 띄는 사람은 없었다. 정원을 이쪽저쪽 걸어 보아도 보이는 사람이 없었다. 의혹이 점점 깊어지기만 하였다.
 주생은 정원의 길을 더듬어 더욱 깊숙이 들어갔다. 캄캄한 밤이라 자세한 것은 몰라도, 화초밭과 큰 나무와 기묘한 바위와 곳곳에 꺼멓게 보이는 숲과 집들이 있었다. 이외에도 가지가지 풍경이 꽉 들어차 있는 듯하였다. 대낮에 본다면 실로 아름답고, 사람의 눈을 유혹하리라고 그는 생각하였다.
 정원이 얼마나 큰 것인지 그것조차 전혀 알 수 없고 짐작도 할 수 없었다. 주생은 사방이 화초와 신기한 나무와 바위들로 둘러싸여 있는 연못에 이르렀다. 대단히 넓은 못이었다. 연 이파리가 물 위에 깔려 있고, 때마침 나뭇가지 사이로 보이기 시작한 초저녁의 달이 물 위에 고요한 아름다운 그림자를 띄워 놓고 있었다.
 달빛은 점점 밝아져, 정원의 저녁 경치를 그에게 보이기 시작하였다. 그는 한 수 시를 읊어 볼까 하였으나, 문득 불빛을 보고 놀라 관심이 대변에 그쪽으로 쏠려 버리고야 말았다 주생은 그쪽으로 달려가 나무 그늘에 숨어서 조심스럽게 망을 보았다.
 아까 저녁때, 아직도 석양의 햇빛이 있을 때 멀리 담 너머로 지붕만 보이던 이 거대한 노 승상 부중의 본채[1]가 그것인 모양이었다. 달빛으로 보아도 화려하기 짝이 없는 집이었다. 궁중의 이름난 전각(殿閣)[2]과 비긴다 하더라도 조금도 손색이 없을 것 같았다.

---

1) 여러 채로 된 집에서 주가 되는 집채.
2) 궁전과 누각.

방금 붉은 대문을 한 패가 되어 쓸어 나간 마상의 아름다운 숙녀들도 이곳에서 놀다 간 것이 분명하였다. 사창이 반쯤 열린 안에는 매우 넓은 방인 듯한데, 촛불을 얼마나 밝혔는지 휘황찬란하게 밝아져 있었다. 반쯤 열린 사창으로 보이는 방 안의 장식이 또한 천자의 총애를 받고 있는 후궁의 신방(新房)과도 같았다.

　그는 이러한 화려한 장식에 눈을 보내고 있을 수만은 없었다. 그 방 안에 남아 있는 세 여자를 보았기 때문이었다. 그는 좀더 다가가 그 집의 처마에 닿을 듯이 서 있는 커다란 나무 뒤에 숨어서 눈만 내놓았다.

　백옥(白玉)의 서안(書案)에 의지하고 앉아 있는 이 저택의 주인 노 승상의 미망인(未亡人)[1]을 보고, 주생의 마음은 그제야 온갖 불유쾌한 감정에서 풀렸다. 그것이 승상 부인이라는 것은 그 여자의 위엄 있는 태도나, 사창을 새어나오는 말소리로 이내 알 수가 있었다. 그는 공연한 질투에 끌려 있었다는 것을 생각하고 수치의 정을 금할 수가 없었다. 더구나 그 방에서 부인의 앞에 앉아 있는 그의 사랑하는 여자를 보았을 때에는 그의 자신도 모르게 아무도 보는 사람이라곤 없건만 재빨리 얼굴을 나무 뒤로 가져갔을 정도였다.

　배도는 거기에서도 가장 아름다운 것같이 생각되었다. 얼굴은 여하간에 젊고 싱싱한 육체가 그에게는 견딜 수 없는 매력이었다. 그 여자를 이런 데서 발견하고 뛰어들어가지 못하는 자기가 한없이 비굴하게만 느껴지는 것 같았다. 승상의 미망인

---

1) 따라 죽지 못한 사람이란 뜻으로, 남편이 죽고 홀몸이 된 여자를 일컬음.

은, 그는 나중에서야 분명히 그 여자가 미망인이라는 것을 확인하였으나, 미망인은 나이가 얼추 오십 가량이나 되어 보였다. 그 여자의 화려한 단장으로 본다면 오히려 그 나이보다도 더 먹었을지 모른다. 그 여자는 기막히다는 한 마디로 족할 정도로 실로 눈부시게 차려 입고 있었다.

따라서 오십의 부인은 매우 화려하고 아름다웠으나 젊고 통통하게 성숙한 배도를 따를 수는 없었다. 재색(才色)² 을 겸비한 아름다운 배도를 그 여자가 좋아하는 것도 그 여자의 가무(歌舞)³ 이상으로 그 젊고도 싱싱한 육체를 부인이 동경하는 때문이 아니었을까. 주생에게는 그렇게만 생각되었다. 물론 부인이 배도를 좋아한다는 것을 듣고 아는 것뿐이지만…….

이들 이외에 또 하나 여인이 부인의 바로 옆에 앉아 있었다. 여인이라고 할 것도 없는, 아직도 자라려면 멀은 듯한 열넷이나 열다섯밖에 아니 되는 소녀였다. 소녀는 부인의 딸이 분명하였다. 입은 것이 어머니에 못지않을 정도로, 아니 그 이상으로 화려하게 차려 입었고 얼굴도 꽤 반반하게 생겨 있었다. 옷 입은 것이 그 생긴 겻을 높이려고 애쓴 듯하고 어머니의 유순함을 많이 닮은 듯하나, 그보다는 좀더 강한 성격인 듯하였다.

얼굴은 하얗고 그만하면 괜찮아서, 어떻게 보면 배도보다 잘 생긴 것같이 생각되기도 하였으나, 그러한 생각은 완전한 착각이라고 천재적인 시인은 단정하였다. 우선 병약하게 생긴 것부터가 소녀는 육체가 없다고 보았다. 더구나 성숙한 여인의 매력은 소녀의 아름다움으로는 도저히 감당하지 못할 무엇인가

---

2) 여자의 재주와 용모.
3) 노래와 춤.

가 있다. 소녀의 아름다움이 미완성의 것이라고 하면, 그래서 더구나 천상(天上)적인 것이라도 한다면 성숙한 여인의 아름다움은 지상(地上)적이고 완성된 것이다. 육감적이고 보다 유혹적이다. 그 속에 무언가의 무서운 힘이 있어서 끌려가지 않고는 배기지 못할 정열적인 아름다움이다.

이런 점에서 주생은 자기의 사랑하는 여인이 단연 절세가인(絶世佳人)이라고 단정하였다. 게다가 일찍 부모를 여의고 불행하게 살아왔다는 그 여자의 인생 경험이 천재적인 대시인에게는 그 여자의 미를 조성하는 주요한 내용의 하나이기도 하였다. 시인의 견해에 의한다면, 승상의 딸로서 공주처럼 편하게 자라 온 소녀는 애당초 보잘것없는 데다가, 인류의 쓰레기이며, 이러한 여자를 좋아하는 남자는 그 자체가 사기꾼이거나 쓸개빠진 악덕의 무리라고, 그는 격해 반박할 정도였다. 아무튼 그는 여기서도 자기의 여자에게 만족하고 그 비밀을 정복한 자기가 무척 자랑스럽기도 하였다.

그래서 어서 빨리 배도와 만났으면 하였을 때, 본인인 그 여자는 어느새 일어설 준비를 하고 있었다. 주인이 만류하는 것을 그 여자는 굳이 일어서겠다고 애걸하였다.

"다른 때는 이런 일이 없었더니라. 오늘밤은 어찌된 일인가? 만날 사람이라도 있나뇨?"

이와 같이 짓궂게 나오는 미망인을 그대로 뿌리치고 나올 수도 없어서, 배도는 주인에게 소녀처럼 수줍어하면서 주생과의 이야기를 설명하였다.

"그렇다면 진작 말할 것이지 여태까지 있었는가. 어머님은 어서 배랑을 보내시옵소서."

딸이 먼저 냉랭하게 받아 챘다.

이렇게 하여 배도는 겨우 해방되었으나, 오십의 미망인은 미소를 지어 그 여자를 코내고 배도가 문을 나가자, 이내 그 미소는 변하여 약간의 무거운 그늘이 끼쳐져 왔다. 감수가 빠른 시인의 착각인지는 몰라도…….

그러나 주생은 이 이상 나무 뒤에 숨어 있을 수도 없어서 재빨리 정원을 빠져나오 배도의 집으로 달려왔다 그리고는 이불을 둘러쓴 채 코를 고는 척하였다.

배도는 자기 집 문을 들어서기가 무섭게 주생의 방으로 달려갔다. 주생의 방이라고는 하지만 자기의 침실이었다. 그리고는 코를 고는 그를 놀래 주기 위하여 되도록 조심스럽게 옷을 벗고 그의 이불 속으로 들어갔다. 코를 꼭 눌러 주었다.

주생은 소리를 지르며 돌아누웠다. 배도는 간드러지게 웃으며 지금 무슨 꿈을 꾸었느냐고 물었다.

꿈에 요대의 구름 속에 들어가서
구화장(九華帳) 안에서 선아(仙娥)를 꿈꾸었도다.

"선아란 무엇을 뜻하니이까?"

잠을 깨어 보니 기쁘도다. 선아가 이에 있으니,
이 집에 가득 찬 꽃과 달을 어찌하리요.

천재적인 대시인은 어느새 촉감이 유쾌해진 상대방의 육체에 자기 몸을 휘어 감고, 한 손으로 그 여자의 등을 애무하며 또 계속하였다.

"그대가 내 선아가 아니리요."

배도는 점점 그의 품에 파고들었다. 그리고 잠시 후에 이렇게 말하였다.

"그러하오면 낭군은 선랑이 아니오리까?"

"암! 선랑이다. 나는 그대의 선랑이요, 그대는 내 선아다."

그러나 말은 잠시 끊겼다. 주생의 욕망은 다른 데로 향하고 있었다.

얼마 후 시인은 또 입을 열어, 여전히 시치미를 뚝 떼고 노승상 집에서 무슨 일로 늦었느냐고 배도에게 물어보았다.

"잔치가 파한 후, 다른 기생들은 다 돌아가게 하였더니 다만 소첩만을 머물게 하옵고, 따로 소저 선화(仙花)의 거처에 다시 작은 주안을 베푸사 늦었나이다."

주생은 그제야 그 집의 딸 이름을 알았고, 아까 날이 어둑어둑할 무렵, 말에 앉아 돌아가던 여자들이 그러고 보면 기생들이었구나 하고 새삼스럽게 마음속으로 놀랐다.

그러나 그것 이상으로 소녀의 이름을 안 것은 그에게 특별한 호기심을 주었다. 이것은 나중에 가서 더구나 생생하게 기억에 남는 일이었으나, 그는 선화라는 이름에 실물을 본 이상으로 특별한 매력을 갖게 되었다. 가무를 좋아하고 술을 좋아한다는 그것이 더욱 그에게 의미를 주는 듯도 하였다.

그래서 그는 자신도 모르게 선화에게 흥미가 끌려서 한 마디 두 마디씩 묻기 시작하였다. 이런 경우 여자는 더구나 남자와 이야기를 하고 싶어하였다. 배도는 아는 대로 설명하였다.

"선화의 자는 방경이라 하옵고 나이는 십오 세이온데, 얼굴이 고와 절세가인이옵더니, 게다가 시서(詩書)를 능통하옵고 수(繡)도 잘 하와 첩과 같은 천한 여자는 근방에도 가지 못하나이다. 아까는 풍입송(風入松)의 시를 지어 거문고를 탔더이다."

"그 시는 어떤 것이더이까?"

점점 흥미를 끌기 시작한 천재 시인은 물었다.

옥창에 꽃 피고 봄날은 따뜻한데,
고요한 집 안에는 즈럼을 드렸도다.
황혼의 모래밭에 햇빛 쬐는 오리새는,
부럽게도 쌍을 지어 청춘을 즐기며,
버들에 안개는 가벼이 엉키었고,
휘늘어진 가지가지 안개 속에 간들간들,
고운 님 잠을 깨어 난간에 의지하니,
얼굴이 시름으로 함빡 젖었구나.
제비 새끼 제법 울고 앵무새는 때 가는 줄 모르고,
하염없이 지저귀는게,
아까운 이내 청춘 굽속에 시드는 한을,
비파(琵琶)에 정을 실어 가볍게 타거니와,
곡 속의 내 원을 그 누가 알 것인가.

배도의 기억력은 훌륭하였다. 그 여자는 한 구절도 빼지 않고 외어 보이었다. 시인의 기억력은 더구나 말할 나위도 없는 것이었다. 그는 이러한 시를 마음속으로 외며, 그 한 구절 한 구절에서 지은 사람의 마음을 알아보았다. 아까 노 승상의 부중에서 자기가 소녀를 본 것은 그러면 잘못 본 것이라고 내심 정정하지 않을 수 없었다.

왜냐하면 이만한 시를 짓기 때문이다. 무엇이나 시와 글로 끌어가려는 주생은 곰보라도 시서만 잘하는 날이면 절세가인이나 미인이라는 명예를 희사하기에 서슴지 않을 정도였다.

따라서 이 시는 선화에 대한 그의 관점을 완전히 뒤엎는 것이 되어 버렸다. 배도는 그런 줄도 모르고 허심하게 침실의 말하기 좋은 때가 되어서 화술과 기억력을 자랑하며 이야기하였으나, 자유로운 천재 시인은 거침없이 배신자가 되어 갔다.

그는 선화의 시 속에서 그 여자를 정복할 원리를 발견하고 기뻐하였다. 모험은 그의 앞에 기다리고 있고 그것은 날이 갈수록 점점 익어 갔다. 성숙한 배도의 육체에도 그는 만족하지 못하였다.

그러나 배도는 특별한 여자여서 그를 영원히 버리고 싶지 않았고, 이 때문에 이날 밤 그 여자에게 조심스럽게 자기의 야심을 감추어 두는 것은 잊지 않았다.

"그러할진대 내 선아가 꽃을 다듬고 옥을 깎는 재주만은 제아무리 재덕이 높은 선화라 하더라도 당하지 못하리라."

그는 배도를 칭찬해 놓았다.

이런 뒤에도 그의 배도에 대한 욕망은 한없이 불을 뿜었다. 배도 역시 그를 사랑하였다. 배도의 육체는 그를 딴사람으로 만들어 놓고, 그것은 또 그 여자를 비극으로 몰아넣는 위험한 정사(情事)이기도 하였다.

주생의 야심에 우연한 기회가 온 듯하였다. 노 승상의 부중(府中)으로 매일같이 드나들던 배도의 한두 마디 오가는 동안에 자기의 남편에 대한 시인적인 소질과 특별한 글재주와 도덕이 높은 점을 자랑스러운 듯이 죄다 설명해 버렸다. 이 때문에 승상 부중은 물론 전당에서 그의 이름을 모를 사람은 없을 정도였다. 부인 모녀의 존경을 더구나 특별하게 깊었다. 시인이란 점에서 여자들 사이에 그의 인기는 더욱 높았다.

승상 부인은 어느 날 아들 국영을 불러 이렇게 말하였다.

"네 나이 십이 세라. 그런데도 아직 글을 배우지 못하고 있은 즉, 후일이 염려되도다. 들으니 배도의 남편 주생이 학문 도덕이 높은 선비라 하니, 네 가서 스승으로 모시고 배움을 청함이 좋으리라."

이렇게 하여 주생의 야심은 비로소 기회를 잡았다. 국영은 어머니의 말을 아니 들을 수 없었고, 주생은 주생대로 높은 대접을 받아 가며, 그들 승상부의 가족과 접촉할 기회를 가지게 되었다.

국영은 책을 끼고 매일 배도의 집에 가서 비우기도 하였다. 도덕이 엄한 승상 부인은 아무리 아들의 스승이라 하더라도 내 집에 들여놓아서는 아니 된다는 생각에서였다. 주생도 그 점을 옳다고 인정하고, 얼간의 겸양지덕(謙讓之德)[1]마저 보이면서 국영의 교육을 맡았다.

며칠은 조용히 넘겼다. 국영이 겨드랑이에 책을 끼고 예정보다 좀 늦게 와도 주생은 별로 탓하지 않았다. 곱게 자란 덩문의 자제로 제 시간을 지킬 수 있겠느냐고 오히려 위로까지 해주었다. 허약한 국영은 스승의 이러한 관용을 핑계로 삼아 점점 늦

---

1) 겸손한 태도로 사양하는 것.

어지기 시작하였다.
 그러자 야심가의 스승은 마침내 이런 제안을 내었다. 그날은 마침 배도가 나가고 없는 날이어서 주생은 이런 날을 우정 택한 것이다.
 "네 왔다갔다 하면서 글을 배우는 것이 아주 수고스러우니, 만약 네 집에 딴 집이라도 있어 내가 네 집으로 옮아 가 있으면 너는 왕래하느라고 괴로울 것이 없겠고, 또 나는 너를 가르치는 데 힘을 다할 수 있으리라."
 어머니의 명령을 지키느라고 할 수 없이 제 좋은 집을 뒤에 두고 나와 다니던 허약한 소년은 스승의 이러한 제안을 깊은 감사와 정으로 받아들였다. 스승의 제안이라면 이제는 어머니도 받아 줄 듯싶었기 때문이다. 그래서 국영은 어머니를 설복시켜 보겠다고 약속하고 돌아갔다.
 승상 부인은 아들의 말을 듣고 의외에도 순순하게 승낙을 내리었다. 즉일로 옮겨 오라는 제자의 회보를 듣고, 오히려 주생 자신이 놀랐을 정도였다. 외출하였다가 돌아온 배도는 이런 사실을 알자 남편을 의심하였다. 자기가 싫어서가 아닌가 하고 주생에게 따져 들기도 하였다.
 "내 듣거니와 승상 댁에는 삼만 권의 귀중한 진서(珍書)가 있어서 선공의 유물인지라 밖에 내지를 아니한다 하기로, 그것을 보고자 함이로다. 게다가 어린놈의 간곡한 청을 물리칠 수 없음이라."
 남편의 대답을 듣고, 배도는 의문이 풀려서 안심하였다. 더구나 공부를 하겠다는 남편이니 그 정신이 고맙기도 하였다. 사랑하는 남편을 출세시켜 보겠다는 마음은 그 여자에게도 마찬가지였다. 배도는 오히려 자신의 천한 지체를 생각하여 그러한 야심이 누구보다도 강하였다.

"낭군이 학문에 힘쓰시와 이후 영귀를 누리시겠다 하오니, 입신양명은 남아의 본분이라. 일개 아녀자가 어찌 막을 수 있으리요."

주생은 배도의 친절한 주선에 의해 옷도 깨끗이 갈아입고, 얼마간의 행장도 수습하여 그날로 노 승상 부중으로 옮겨갔다. 부중에서의 그의 생활은 매우 편하였다. 언젠가 분노를 느끼며, 권력과 명문 대가를 증오하였던 기억도 이제는 도리어 웃을 정도로 옛이야기 같기만 하였다. 그것도 일종의 내 질투였구나 하고 그는 생각하였다. 어쨌든 좋은 환경에서 편하게 있고 보니 만사가 태평해지는 것만 같은 대시인이었다.

그러나 야심을 이룰 기회는 전혀 없는 듯하였다. 선화와 만나는 것조차 어려울 정도였다. 부인은 자기와 만나는 일도 되도록 피하였다. 그러면서도 부인은 자기가 온 이래로 단장을 더욱 화려하게 하고, 기거동작(起居動作)에 조심하는 듯하였다. 그러나 워낙이 도덕심이 견고한 부인이기에 그 마음의 실재를 알 수는 없었으나, 주생의 야심은 단지 선화에게 쏠릴 뿐이었다.

저런 늙은 여자와 공연한 시간을 허비하다가는 중요한 야심을 이루지도 못하고 쫓겨나게 된다고, 주생은 이따금 부인의 이마에서 주름을 발견하거나, 바싹바싹 마른 입술을 볼 때, 그런 생각을 하였다. 그래서 더구나 그의 마음은 초조하게 선화에게로 달려갔다.

기회가 어려우면 어려울수록 그것은 분명 유쾌한 정사가 될 것이라고, 그는 때때로 자기에게 다짐하기도 하였다. 따라서 배도의 완성된 육체 같은 것은 이제는 그의 기억에도 없을 정도가 되었다. 그러나 이러한 유쾌한 정사를 어떠한 방법으로 이루어 볼까?

며칠이 지난 지금에는 밤낮으로 이러한 생각뿐이었다. 국영은 교육 같은 것은 적당히 해치우고, 밤만 되면 그 기회를 찾기에 정신이 없었다. 선화의 방은 그의 방에서 매우 멀리 떨어져 있고, 그 방까지 가려면 몇 군데 난관을 넘지 않으면 아니 되었다.

그러나 이제는 대야심가로 변해 버린 천재 시인은 그런 동안에 이 난관의 극복을 거의 완벽하게 연구해 두었다. 선화의 취미가 고상하다는 것도 그에게는 반가운 일이었다. 부인의 가정 단속이 한층 딱딱해졌다는 것도 그에게는 오히려 길조(吉兆)가 되는 듯하였다. 그 동안 저녁을 먹으면 밖에서 시시덕거리고 놀던 시비와 노복들이 일찍 방문을 닫고 들어가기 때문이다.

이날은 달도 없는 캄캄한 밤이었다. 일부러 이런 밤을 택한 주생은 죽느냐 사느냐의 평생의 결심을 다해 언젠가 배도를 찾으러 왔을 때 보았던 그 본채를 돌아 몇 개인가의 담을 뛰어넘어 후당(後堂) 깊숙이 들어갔다.

선화의 방에는 불이 환하게 밝혀져, 문은 열린 채 주렴이 늘여 있었다. 어둠 속에서 한참 동안 그는 망을 보았다. 전 세계가 자기의 이 모험을 도우려고 협조 정신을 발휘하고 있는 듯하였다. 그는 고마워서 어쩔 줄을 몰랐다. 선화는 잠자리의 가벼운 옷을 입고, 혼자 옥안에 기대앉아 거문고를 타고 있었다. 매우 아름다운 여자라고 생각하였다. 배도에 비해 완성된 육체는 아니더라도 이제 한창 꽃을 피우는 육체이고, 불빛에 하얗게 드러나 보이는 그 무릎의 살은 그의 마음을 완전히 압도하고도 남았다. 어째서 이러한 여자를 배도만 못하다고 하였던가 하고 그는 자기를 꾸짖기도 하였다. 배도에 비해 보다 냉정한 강한 표정도 좋았다. 거문고를 타고 있는 그 모습을 그야말로 월궁(月宮)의 항아라고 해도 좋을 정도로, 이 천재적인 대시인은 아연 경탄하기도 하였다.

주생은 아기자기한 정사의 가능을 또 한 번 확인하고 좀더 가까이 주렴이 늘여진 문 옆으로 다가갔다. 선화는 거문고를 다 타고나서, 이번에는 소자첨의 하신랑사(賀新郎詞)를 나직한 구슬 같은 목소리로 읊기 시작하였다.

십오 세라고는 하지만 그 음성은 어느덧 육체의 충실을 입증해 주고 있는 듯하였다. 적어도 주생 자신은 특별한 매력을 거기에 느꼈다.

주렴 밖에 그 누구 와 있기에,
고은 수창(繡窓)[1]을 두들겨서,
선경에 노는 이내 꿈을 깨워 주는가.
아아! 알고 보니 그대는 임이 아니고,
바람이 불어와서 궤를 치누나.
바람이 불어와서 궤를 친다 하지 마소.
고운 임 이에 와서 그대를 쫓네.

---

1) 비단으로 꾸민 창.

감동한 천재 시인은 그 여자의 음성에 맞춰 자그맣게 불렀다.

선화는 조금도 놀라는 표정이 아니었다. 소녀가 저만하면 되었구나 할 정도로 매우 침착해서, 돌아보려고도 하지 않고 상대방의 노래를 전부 듣고 나자, 촛대의 불을 끄고 잠자리에 들어갔다.

이러한 그 여자의 고요한 동작으로 주생은 모든 것을 알아보았다. 그는 서슴없이 주렴을 젖히고 들어가, 이 천궁의 괴이한 요녀를 정복하였다. 그의 정복의 쾌감은 한없이 기쁘고, 백만 대군을 전멸로 이끌어 간 대승리보다도 더욱 영광스럽게 여겨졌다.

이날 밤의 정사는 배도의 그것에 비하여 주생의 감정에 특별한 정취를 주었다. 시인은 그것을 마음껏 경험한 듯하였다. 창밖의 나뭇가지에 앉은 앵무새 소리에 깜짝 놀라 깨어나니 어느새 새벽의 안개가 뽀얗게 천지를 덮고 있었다.

그는 이것을 다행으로 여기고, 재빨리 옷을 주워 입고 밖으로 나왔다.

잠들어 있는 것 같은 선화가 방문을 열고 얼굴을 내밀었다.

"가서는 다시는 오지 마사이다. 누가 알면 우리는 존망(存亡)이 염려되나니, 군자는 빨리 담을 넘어가옵소서."

"나는 자는 줄만 알았더니, 소저는 우리의 기연(機緣)을 그런 말로 박대하나이까? 섭섭하오이다."

"허물하지 마소서. 그 말은 저녁마다 만나자는 것이오니, 어찌 곡해하려 하시나이까? 어서 아무도 모르게 담을 넘으소서."

선화는 하늘을 가리키며 안타까이 재촉하였다. 다행히 안개는 깊어서 아무도 본 사람은 없었다. 이렇게 하여 밤마다의 정사는 꼬박꼬박 지켜져 갔다. 담을 뛰어넘는다는 모험이 그들의 정사를 한없이 통쾌하게 해주었다. 십오 세의 소녀는 제법 어른다워서 오히려 그를 가르쳐 주고 놀라게 해줄 정도였다.

어느 날 밤인가는 역시 달이 없는 밤이었는데, 주생은 예에 따라 담을 몇 개 뛰어넘어 선화의 거처로 향해 갔다. 매우 어두운 밤이어서 눈앞도 알아보지 못할 정도였다. 그는 후원(後園)의 해묵은 고목들 사이로 나무 줄기를 잡으며 조심스럽게 그 여자의 침실로 접근해 갔다.

그러자 별안간 신발을 끄는 인기척이 났다. 주생은 깜짝 놀라 돌아서서 도망을 치려 하였다. 그러자 또 무엇인가가 그의 잔등을 때렸다. 나무 열매였다. 그는 더욱 놀라 땅바닥에 엎드렸다. 가슴이 두근두근하니 금방 터질 것 같은 것을 그는 느꼈다. 누군가가 어둠 속에서 다가오고 있었다.

"군자는 놀라지 마사이다. 앵앵이가 여기 왔나이다."
하고 그 소리는 말하였다.

주생은 겨우 정신을 차려 일어섰다. 그리고 이 깜찍한 선화 소저를 부둥켜안고 풀밭에 뉘어 버티었다. 그들의 정사는 점점 대담해진 것이다.

이렇게 하여 또 방으로 들어가 밤을 보냈다. 방문을 굳게 닫고, 아무도 접근시키지 않으면서 재담(才談)을 떨기도 하고, 시를 읊기도 하였다. 국영이가 요즘에 와서 점점 허약해져 공부하지 못하게 된 것도 그들의 아기자기한 정사를 위해서는 매우 유리하였다.

그러나 이러한 뜨거운 정열도 그것이 뜨거우면 뜨거울수록 그들에게 슬픔을 가져다 주었다. 어느 날 밤엔가는 역시 예에 따라 담을 몇 개인가 뛰어넘은 천재 시인이 선화와 베개를 나란히 베고 누워 있었다.

선화는 그의 품에 깊이 파묻혀 한동안 말이 없었다. 그러자 그 여자는 별안간 눈물을 뚝뚝 흘리며 슬퍼하였다. 주생은 손가락 끝으로 그 여자의 눈물 방울을 눈에서 집어 주며 이유를 물었다. 앞으로의 일을 생각하니 겁이 난다는 것이었다.

"오늘날 우리의 관계는 구름 속에 있는 달과 풀잎 속에 있는 꽃과도 같은지라 자유가 없나니, 한때는 좋은 재미를 본다 할지라도 오래 가지 못함을 어찌 슬프다 아니하오리까? 이 비밀을 언제까지 지켜야 하오리까?"

"남아 장부 어찌하여 여자 하나 취할 수 없단 말이오? 내 결국은 매파(媒婆)를 통해 예를 지킬 것이니 그대는 안심하소서."

이로써 그는 위로하였다. 선화는 이러한 맹세에 약간 슬픔을 돌린 듯하였다. 그래서 감동한 소녀는 소녀다운 사랑의 맹세로 거울을 쪼개서 그 한 쪽을 애인에게 주고, 또 비단 부채를 주었다.

"이 두 가지는 비록 미미(微微)한 것이오나 마음의 간절함을 표시하는 것이로소이다. 첩의 소원이오니, 승란의 처를 생각하시와 가을바람을 원한 마시옵고, 설사 월궁의 항아를 잃을지라도 부디 밝은 월색(月色)을 어여삐 여기사이다. 그리고, 이 거울은 장차 화촉지전(華燭之典)을 올리는 날 밤 합하여 하나로 함이 좋을까 하나이다."

그 여자는 더욱 사랑스러운 표정으로 말하였다. 천재적인 대시인은 사랑과 행복의 증거를 보이기 위해 그 여자의 끈기 있는 자그만 빨간 입술을 그의 입술로 점을 찍어 주었다. 선화는 그것을 놓지 않고 잡아끌었다. 죄악을 의식하는 사랑은 평범한 사랑의 몇 배로 강렬하였다.

이들의 정사는 여전히 열렬하게 계속되었다. 서로의 정열은 똑같았으나, 그러나 주생의 쪽에서 약간 저조해졌다. 배도와 오래도록 만나지 않아 그쪽이 궁금하였다. 그는 이때부터 선화와 배도를 비교하여 생각하는 나쁜 버릇이 들기 시작하였으나, 역시 완숙한 육체의 배도를 그는 잊을 수가 없었다. 이쪽이 제아무리 열렬하다 하더라도 그것은 청결한 정신적인 것에 가까우며, 저쪽은 육체적인, 보다 죄악에 가까웠다. 그것은 생명의 근원에 육박하는, 도저히 극복하려고 하여도 극복할 수 없는 존재의 실감을 주었다. 정사에 길이 들기 시작한 주생은 이런 식으로 이것과 저것을 비교하며 그 성격을 규정하려고 애쓰고, 이 때문에 별안간 배도를 만나고 싶어졌다. 야심과 욕망에는 언제나 기회가 있는 법이다. 그는 집에 다녀온다는 핑계를 내걸고 선화와 갈라져서 배도에게로 갔다.

이날 밤 주생은 돌아오지 아니하였다. 선화는 심심하여 견딜 수가 없었다. 불행한 망상을 불러일으키기만 하였다. 그 여자는 아무도 모르게 주생의 방에 들어가 그의 행장 보따리를 끄르고 그의 소지품을 검사하기 시작하였다. 그 여자는 자기가 그런 일을 할 수 있는 권리가 있다고, 소지품을 하나하나 살펴보면서 이기적으로 생각하기도 하였다.

배도의 시가 몇 폭 발견되었다. 선화는 그 여자의 필적을 잘 알고 있었기 때문에 이내 알아보면서 별안간 질투와 증오의 감정에 불붙어 올랐다. 기생에 적을 둔 천한 계집이라는 계급적인 관념이 함께 곁들여 더구나 그 여자의 마음을 분노의 절정으로 끌어올렸다. 여태까지 그러한 천한 여자의 존재를 모르고 있었다는 것이 선화에게는 매우 이상하게 여겨질 정도였다.

그 여자는 무서운 질투와 망상에 사로잡힌 채, 배도의 시가 씌어 있는 몇 폭의 지편(紙片)을 문 안에 있는 뭇을 잡아 박박 지워 버렸다. 자그만 글자의 획이 나오더라도 그것이 마치 배도의 얼굴이기라도 한 것처럼 먹을 갈아 붓으로 몇 번이고 까맣게 지워 버렸다. 그리고는 거기에다 옆으로 안아미(眼兒眉)라는 시제의 글을 써 두었다. 그것은 이러하였다.

창 밖의 드문 그림자는 어른거려서,
뵈었나 하고 보면 간 곳 없이 보이지 않고,
기울어진 밝은 달은 누상(樓上)에 높이 떴다.
우수수 대밭 소리는 풍류(風流) 이루어 요란하고,
드높이 솟아 있는 오동의 그림자가,
집 안에 가득하여 달빛을 막아내며,
깊어지는 이 밤은 인적도 고요한데,
공연히 내 마음에는 수심만 쌓였고나.
지금 아직도 그대는 소식을 아니 주니,
어드메 노니다가 나를 잊고 있는 건가.
아서라 생각 말자 잊으려 하지만,
따로 있는 정에 답답도 하여져서,
그래도 하마하고 때 헤며 기다린다.

이튿날 아침 늦게야 주생은 배도의 집에서 돌아왔다. 밤에 예의 모험은 또다시 계속되었으나, 선화는 전과 다름없이 그를 대해 주었다.
　행장을 끌러 본 이야기 같은 것은 전혀 하지도 않았다. 배도에 대한 이야기도 그 여자는 입을 꽉 다물고 하지 않았다. 결과가 불미스러우리라는 점에 겁을 냈기 때문이다. 주생도 그런 얘기는 되도록 피하였다. 행장에 대해서는 아직도 손대지 않았기에 전혀 알 리가 없었다. 이렇게 하여 선화와의 정사는 다시 계속되었다. 국영의 건강도 회복되어 낮에는 적당히 소년을 상대로 시간을 보내고 밤이면 예의 담을 몇 개씩 넘었다.
　하루인가는 승상 부인이 주생의 노고를 위로하기 위해 술을 대접하기로 하고, 배도마저 불러왔다. 그 여자의 높은 도덕이 혼자서 남의 남자에게 술을 권할 수는 없었기 때문이었다. 그래서 주생에게 술잔을 권할 때에도 직접 내밀지 않고, 태도에게 주어서 간접적으로 권하였다.
　이런 것은 오십의 미망인의 품위를 매우 높이는 것같이 보였다. 따라서 주생 자신보다 배도가 좋아하였다. 그러나 천재 시인을 술로 정복해 버리는 것을 부인은 사양하지 아니하였다. 최대로 만취하여 그가 쓰러질 만큼 되자, 부인은 비로소 주생을 해방시키며 배도에게 맡겨 놓고 나가 버렸다. 그런 후 부인은 웬일인지 며칠 동안 얼굴도 내밀지 아니하였다.
　남편을 그의 방으로 모시고 간 배도는 그를 잠자리에 뉘어 놓고 잠이 아니 와 앉아 있었다. 주생은 만취하여 아무것도 모르며 잠들어 있었기 때문이다. 게다가 이 댁의 딸과 관계가 있지 않은가 하고, 그 여자 나름으로 평소부터 의심해 오던 터이라, 자기도 알 수 없는 승상부중(丞相府中)의 남편의 방을 잘 살펴보아야겠다는 호기심에 끌리기도 하였다. 사실 그 여자는 여자의 본능으로 그 점을 직감하고 있었으나 지금까지 아무런 뚜렷한 증거를 잡을 수 없었기에 그대로 내버려두었다. 오늘은 다행히 그러한 목적을 실행해 보기에 꼭 좋은 기호였다.

주생의 생활의 정확한 기록이라고도 할 수 있는 행장을 배도는 우선 조사해 보았다. 그리고 깜짝 놀라서 예의 까맣게 박박 지워 버린 지편과 필적이 새로운 안아미사(眼兒眉詞)라는 것을 집어들었다. 그 여자는 그것이 선화의 필적이라는 것을 이내 알아보았다. 그뿐 아니라 이것으로 모든 것을 알아보았다. 자기의 예감은 완전히 맞아떨어졌다.

배도는 분해 견딜 수가 없었다. 자기의 시를 지워 버리기만 아니하였더라도 그 여자는 이토록 분하지는 아니하였으리라 하고 자기의 분노를 스스로 설명하기도 하였다. 이러한 설명은 그 여자를 더욱 흥분하게 만들었다.

배도는 그것을 소매 속에 집어넣고 행장을 그대로 묶어 둔 채, 이날 밤 한잠도 이루지 못하였다. 술에 만취하여 곯아떨어진 남자가 너무나 더러운 것 같아서 그 옆에서 멀찍이 떨어져 앉아 있었다. 이와 같은 집 안에 자기의 적이 숨을 쉬고 있으리라는 관념도 그 여자에게는 매우 불쾌하였다.

이튿날 아침 주생이 깨어 일어났을 때, 배도는 되도록 자기를 누르고 서서히 유도해 보았다. 증거를 잡았다는 안정감과 남의 집이라는 인식이 그 여자를 잡아 놓았다.

"국영의 공부가 아직도 끝나지 않은 때문이라."

술에서 깨고 잠에서 깨어난 천재 시인은 연신 기지개를 켜며

거북한 듯이 그렇게 대답하였다.

그는 배도를 자기 쪽으로 끌어당기려 하였으나 이쪽에서 응하지 않아 의아하게 생각하는 듯하였다. 시인은 제발 이런 어려운 질문은 하지 말라는 식으로 화를 내는 그 여자를 끌어당기려 애썼다.

"이제는 처제를 가르치려고 힘쓰는 것이오니까?"

이런 말에 주생은 완전히 손을 거두어 버렸다.

그는 짐짓 놀란 척해 보였다. 그러나 마음의 혼란을 감출 수는 없었다. 누가 보아도 그 혼란을 설명해 주고 있는 얼굴을 알아볼 수가 있었다.

"대체 그게 무슨 말이오?"

배도는 대답 대신 증거물을 소매 속에서 내놓았다.

주생은 더 버텨 볼 말이 없었다. 죄의식이 대번에 그의 전신을 휘어 감았다. 처분을 기다리는 도리밖에 없다고 그는 생각하였다. 일시의 분노만 식으면 괜찮겠지 하는, 심중의 음성이 그를 가르쳐 주기도 하였다.

"담을 뛰어넘고, 개구멍을 뚫고 들어가는 따위 비루(鄙陋)[1] 하고 추잡한 행위를 어찌 학덕군자(學德君子)가 취할 일이오니까? 양심이 있다면 그것을 보이사이다. 첩은 이제부터 내당으로 들어가 부인을 찾아뵙고 이 말씀을 세세히 올리겠나이다."

이런 위협을 그대로 받아넘길 배짱은 시인에게 없었다. 그는 배도를 잡고 사죄하고 탄원하고 무수히 맹세하고 결백을 증명해 보였다. 그런 결과 배도의 분노는 약간 가라앉은 듯하였으

---

1) 행동이나 성질 따위가 품위가 없고 천함.

나, 전후 시말을 죄다 고백하지 않으면 아니 되었다.

이 고백이 또한 사직(司直)의 냉엄한 관원 앞에 나선 것보다도 백 배나 어려워서, 그는 몇 번인가 질책과 고문을 당하면서 되풀이하고 그 시정을 또 시정해 보고 증명하고 설명하여 겨우 고백을 끝냈다. 그러나 이 고백이 끝나자, 잔인하고 폭군적인 심문관은 또다시 분노를 폭발하며 온갖 형식으로 고문하기 시작하였다.

최후로 눈물과 패자의 무서운 자학이 뒤를 따랐다. 주생은 이번에는 고문을 받는 대신 위로와 맹세와 사랑의 증거를 세우느라고 진땀을 뺐다. 그는 죄인이 아니라 이제는 설교에 능한 도승(道僧)이 되지 않으면 아니 되었다. 그는 이러한 어려운 난관을 거쳐 최후로 이렇게 말하는 데까지 성공적으로 끌어왔다.

"선화 소저와 언약을 하였으니 이를 어찌하리오. 내 이것을 그대에게 말하려고 하였으나 오늘날 그것을 하지 못하였으니 죄 만사무석(萬死無惜)[1]이로소이다. 그러나 그 소저를 내 잘못으로 죽음에 몰아넣을 수도 없는 것이 아니오니까."

그러나 주생은 이제부터 집으로 돌아가자는 배도의 요구를 거절할 수는 없었다. 그것으로 이번 사건은 완전히 일단락을 지은 것이다.

이렇게 하여 소문을 밖에 내지는 아니하고, 주생은 적당한 평계를 잡아 노 승상 부중을 물러나왔다. 그에 대한 배도의 존경은 전에 비하여 매우 떨어졌다. 선랑이라는 자랑스러운 칭호도 그 여자는 이 죄 많은 시인에게 주지 않았다.

---

[1] 만 번 죽는다 해도 아까울 것이 없을 정도로 죄가 매우 무거워 용서할 여지가 없음을 이르는 말.

사건은 대체로 이것으로 완결이 되었으나, 그 비극적인 여파는 컸다. 공부하지 못하게 된 국영은 그 후 병이 나서 죽어 버렸고, 선화는 사랑하는 남자를 만나지 못하게 됨으로써 생병(生病)이 나서 병상에 누운 채 일어나지도 못하였다. 거의 죽게 되었다는 소문이 돌고 있을 정도였다.
　주생도 배도의 집으로 옮겨 온 뒤에는 선화로 생각하는 마음과 냉대를 하는 배도의 불친절 속에서 병이 나서 누운 채로 있었다. 그중에서도 특히 불행한 일은 배도가 병을 앓아 죽게 된 점이다. 그 여자는 너무도 슬퍼 배신당한 여자로서의 최대의 절망 끝에 죽어 간 것이다.
　배도가 이와 같이 눈을 감았을 때, 그 여자의 임종의 자리에서 주생과 그 여자의 시비들이 모여 있을 뿐이었다. 배도는 주생의 무릎을 베고 눈물을 흘리며 죽어 갔다. 그 여자는 최후의 유언으로, 자기가 죽거든 부디 선화를 얻어 버필로 삼을 것이며, 자기의 시체는 낭군이 왕래하는 길가에 묻어 달라고 주생에게 몇 번이고 당부하였다. 그렇게 되면 자기는 아무것도 바랄 것이 없다고, 그 여자는 매우 만족해하는 듯하였다. 이때까지 남편의 무릎을 베고 누군가 원망이라도 하듯이 눈물만 짓고 있던 배도는 이런 유언하고 난 다음에는 그 눈물도 뚝 끊고, 허심한 미소마저 지으며 조용히 죽어 간 것이다. 그 여자는 그러한 죽음의 방법으로 어차피 죽는 것이며, 죽을 때에는 누구나 좋건 그르건, 행복하건 아니하건, 절망하건 아니하건 모두가 경건한 허무로 돌아간다는 좋은 표본을 보여 주는 것 같기만 하였다.
　그래서 주생의 마음은 한없이 슬프고 안타까웠다. 자기만 아니더라도 그 여자는 좀더 살아갈 수 있지 않았던가. 그것을 생각하니 그 역시 살 것 같지 아니하였다. 강호 유람도 아기자기한 정사도 뜨거운 정열도 모두가 의미를 잃고, 가치 없는 것으로만 보이는 것 같았다. 인생 자체가 허무하였다. 살아갈 맛이 없고, 아무런 목적이 없는 듯하였다.

주생은 한없이 외로웠다. 산다는 것만 생각해도 괴로워 견딜 수가 없었다. 배도의 시체를 그 여자의 소원대로 호산(湖山)의 큰 길가에 묻어 주고, 제사를 지내며 슬픔과 눈물에 가득 찬 제문(祭文)[1]을 지어서 읽어 내렸다. 그것이 끝나자, 그는 배도의 집을 시비들에게 맡겨 버리고 또다시 배에 올라 하늘에 뜬구름처럼 목적지도 없는 강호 유람의 길에 올랐다. 그러나 그것조차 이제는 아무런 의미도 없는 것 같고, 가치를 인정할 수도 없었다.

배에 올라 무홍교 다리 밑을 지나면서, 시인은 웬일인지 그곳을 영영 지나 버릴 수가 없었다. 그의 눈은 승상부중의 깊은 후원으로 향해져서 거기서 떠나지 않았다. 그는 밤이 오고 날이 샐 때까지 그렇게 멍하니 지켜보면서 그곳을 떠나지 아니하였다. 장상사의 시를 읊으면서 눈물을 뿌리기도 하였다. 그것이 무엇 때문인지 알 수 없을 만큼 그는 거기에 연연한 정을 느끼고 있을 것이다.

아! 허무한 인생에서 그에게 남은 것이라곤 다만 이 정감(情感)뿐이라고 할 것인가. 그는 한갓 오락 이상의, 정사 이상의 깊은 애정을 선화에게서 느끼고 있는 것이다. 그는 이제야 선

---

[1] 제사 때, 죽은 사람을 조상해서 읽는 글.

화에 대한 자신의 애정을 깨달은 것이다. 그것은 열렬한 애정이라고 하여 좋을 정도로 그의 마음에 잊기 어려운 인상을 남겨 놓았다. 그는 그마저 잃어버린다면 완전한 절망에 빠질 것 같았다. 그러나 주생은 아침의 햇살이 찬란하게 강산을 뒤덮었을 때 다시 노를 잡고 그곳을 떨어져 갔다. 연연한 미련을 거기에 남겨 놓은 채로……

주생의 배는 며칠 뒤에 호주(湖州)의 물가에 대어졌다. 그곳에서 이름난 대갓집의 장씨를 찾아 육지에 오른 것이다. 친족이 되는 관계로 잠시 동안 그 집에서 머물러 보자는 생각에서였다. 아닌 게 아니라 장씨는 마음에 깊은 상처를 가지고 있는 그를 깊이 동정하여 친절히 환대해 주었다.

그뿐만이 아니라 장씨는 그의 이야기를 듣고 선화와의 혼사를 전해 주는 수고를 아끼지 아니하기까지 하였다. 다행하게도 장씨의 부인은 노 승상과는 동성의 관계이며 전부터 그이와는 친절하게 지내 온 사이였다. 따라서 장씨 부인의 서찰 한 장으로 주생과 선화와의 혼사는 간단하게 성공하였다. 선화는 더 말할 나위도 없겠거니와 승상 부인은 딸의 비밀을 점점 눈치채어 그렇지 않아도 주생을 찾고 있었기 때문이다. 앓고 누워 있던 선화는 별안간 기운을 얻어, 눈물과 애정에 찬 장문(長文)의 편지마저 보내 주었다. 결혼날을 구월로 잡기까지 하였다.

애인의 서간을 오랜만에 받아 본 주생은 눈물을 흘리면서 그역시 장문의 편지를 썼다. 그러나 이것을 보내기 전에 때마침 조선이 왜적의 난을 당하게 되어, 이것을 돕기 위한 명나라의 원군에 서기(書記)라는 소임으로 그도 나가지 않으면 아니 되었다. 주생은 할 수 없이 원병의 틈에 끼어 안주에 왔을 때, 그

곳 백상루에 올라 칠언시(七言詩)를 지었고, 송경[1]에 와서는 애인을 생각하던 나머지 그것이 병이 되어 더 남하(南下)하지 못하였다.

　나는 이러한 주생을 송경의 역관(驛館)[2]에서 만났다. 말이 통하지 않아 글을 가지고 문답을 하다가, 답사행(踏沙行)이라는 시 한 수를 그에게서 얻었다. 이 시가 계기가 되어서 나는 그에게서 이상과 같은 이야기를 들은 것이다. 그날은 마침 비가 와서 우리는 불을 켜고 밤이 깊도록 그의 슬픈 이야기를 들은 것이다.

　나는 여기에 그것을 적어서 그에 대한 우의와 감동의 표시로 해 두는 바이다.

---

1) 근세 조선 이후에 개성을 송악산 밑에 있던 서울이란 뜻으로 일컫는 말.
2) 역참(驛站)에서, 공무로 여행하는 관원이 묵던 집.

작품 해설

이 작품은 조선 선조에서 광해군 때 권필이 지은 소설이다. 지은이가 임진왜란 때 명나라 군사로 우리나라에 출전했던 주생이란 선비를 개성에서 만나, 그의 기구한 사랑의 역정을 듣고 감동해서 기록했다고 했으나, 이것은 지은이의 가탁이다.

내용은 삼각 연애라는 특이한 주제를 다루고 있는데, 주생과 배도, 선화의 삼각 연애를 통해 인생은 마련된 운명 속에 살므로 체념만이 행복한 길임을 강조하고 있다.

주인공 주생은 과거 시험에 실패하고 장사차 옛 고향인 전당에 이른다. 거기서 자랄 때에는 소꿉장난을 같이 했으나 지금은 기생이 되어 있는 배도란 여인을 만나 사랑에 빠져 같이 살게 된다. 그러나 배도가 노래를 불러 주기 위해 다니던 노승상 집 딸 선화를 몰래 훔쳐본 뒤부터는 배도를 잊어버리고 선화만을 열렬히 사랑하게 된다.

한편 주생을 기다리기에 지친 선화는 주생의 방에까지 가서 주생이 쓰던 단장 주머니를 풀어 보았다. 주머니 안에서 배도가 지은 시 두어 폭을 발견한 선화는 질투에 못 이겨 붓으로 까맣게 지워 버리고 자신이 시 한 수를 지어 주머니 안에 집어넣는다.

하루는 승상 부인이 술좌석을 마련하고는 배도를 불렀다.

주생은 과음하여 정신이 없으므로 혼자 따분해진 배도는 주생의 주머니를 끌러 보았다. 그녀 자신이 지은 시가 먹으로 지워진 것을 보고, 그것이 선화의 소행이라 생각하자 몹시 화가 치밀었다.

그녀는 다음날 아침, 주생과 선화와의 관계를 승상 부인에게 고하기 전에 주생에게 같이 집에 돌아갈 것을 권했다. 주생은 할 수 없이 배도를 따라 집으로 돌아갔지만 마음은 오직 선화 생각뿐이었다.

그러던 차에 갑자기 국영이 병으로 죽었다는 전갈이 와 주생은 재물을 갖추고 영구 앞에 나아가 건을 올린다. 이때 선화를 보았으나 주춤하는 사이에 선화는 사라지고 보이지 않았다.

 몇 달 후 배도가 병을 얻어 시름시름 앓더니, 주생에게 선화와 결혼하고 자신의 시신을 주생이 다니는 길가에 묻어 달라는 말을 남기고 숨을 거둔다. 배도도 죽고, 국영도 죽어 다시 노승 상 집으로 돌아갈 명분마저 없어진 주생은 말없이 전당을 떠나 상사의 아픔을 달랜다. 그 후 주생과 선화는 월하의 인연으로 약혼을 한다. 그러나 결혼 날을 앞두고 조선에서 임진왜란이 일어나 주생이 조선으로 출전했으며, 이로써 두 사람은 인연을 맺지 못한다.

 참고로, 이 작품의 지은이인 권필은 조선 중기 문인으로, 자는 여장, 호는 석주로 본관은 안동이다. 선조 2년인 1569년에 출생한 그는 송강 정철의 문인으로, 벼슬에 뜻을 두지 않고 시와 술로써 가난하게 살기를 원했다. 1592년 임진왜란이 일어나자 주전론을 주장하기도 한 그는 그 뒤 명나라 사신을 접반하는 자리에 문사로 뽑히기도 했다. 이때 선조는 권필의 시를 보고 감탄해서 그의 시를 곁에 두고 감상할 정도였다. 1611년 그는 광해군의 비 유씨의 아우인 유희분 등의 방종을 시로써 비판한 일로 광해군 4년인 1612년, 친국을 받고 귀양길에 올랐다. 이때 동대문 밖에 이르러 사람들이 주는 술을 많이 마신 탓에 이튿날 죽었다. 그 뒤 1623년 인조반정 후 지평에 추증되어 광주 운엄사에 제향되었다. 저서로는 《석주집》이 있다.

┃구 인 환┃

서울대학교 사범대학 국어교육과 졸업
서울대학교 대학원 국어국문과 수료(문학 박사)
서울대학교 사범대학 교수
국어국문학회 대표이사 및
한국소설가협회 이사
문학과문학교육연구소 소장
서울대학교 명예교수

```
판 권
본 사
소 유
```

우리 고전 다시 읽기
옥단춘전

초판 1쇄 발행   2004년 9월 25일
초판 3쇄 발행   2009년 12월 5일

엮은이   구 인 환
펴낸이   신 원 영
펴낸곳   (주)신원문화사
책임편집   박 순 철

주　　소   서울시 강서구 등촌1동 636-25
전　　화   3664-2131~4
팩　　스   3664-2130

출판등록   1976년 9월 16일 제5-68호

* 잘못된 책은 바꾸어 드립니다

ISBN 89-359-1221-2 04810